U1000144

中华优秀传统文化是炎黄子孙共同的精神家园

李商隐诗选译

陈永正 译注
倪其心 审阅

古代文史名著选译丛书

（珍藏版）

主编 章培恒 安平秋 马樟根

凤凰出版社

图书在版编目（CIP）数据

李商隐诗选译 / 陈永正译注. -- 南京 : 凤凰出版社，2017.1
（古代文史名著选译丛书 : 珍藏版 / 章培恒，安平秋，马樟根主编）
ISBN 978-7-5506-2478-8

Ⅰ. ①李… Ⅱ. ①陈… Ⅲ. ①唐诗－译文②唐诗－注释 Ⅳ. ①I222.742

中国版本图书馆CIP数据核字(2016)第257408号

书　　名	李商隐诗选译
主　　编	章培恒　安平秋　马樟根
译 注 者	陈永正
责任编辑	韩凤冉
装帧设计	姜　嵩
出版发行	凤凰出版传媒股份有限公司 凤凰出版社(原江苏古籍出版社) 发行部电话025-83223462
出版社地址	南京市中央路165号，邮编:210009
出版社网址	http://www.fhcbs.com
照　　排	江苏凤凰制版有限公司
印　　刷	苏州市越洋印刷有限公司 苏州市吴中区南官渡路20号　邮编:215104
开　　本	850×1168毫米　1/32
印　　张	7.375
字　　数	153千字
版　　次	2017年1月第1版　2017年1月第1次印刷
标准书号	ISBN 978-7-5506-2478-8
定　　价	33.00元

(本书凡印装错误可向承印厂调换，电话:0512-68180638)

目录

前　言

巧啭岂能无本意，良辰未必有佳期。

——李商隐《流莺》

亲爱的读者，在您翻开的这本小书中，一位杰出的歌手，用他那深微婉曲、博丽精工的诗歌，向您——一千多年后的知音——倾诉他的欢乐、相思和失恋，倾诉他理想的追求与幻灭，以及在人生浑浊的长河中流不尽的痛苦。在这里，向您展示的是一颗诚挚的心灵中最美丽的东西，也是我国诗歌百花园中一株芳馨别具的奇葩。

这位歌手，就是晚唐诗人李商隐。

一

李商隐（约 813—858），字义山，号玉谿生，又号樊南生。原籍怀州河内（今河南沁阳），自祖父李浦起，迁居郑州荥阳（今属河南）。他生于一个衰落的贵族家庭，自称是宗室之后，但前几代人都只做过县令、县尉和州郡佐一类的低级地方官吏，父亲李嗣曾任获嘉县令，早死。家境日益艰困，“宗绪衰微，簪缨殆歇”（《祭处士房叔父文》）、“四海无可归之地，九族无可倚之亲……人生穷困，闻见所无”（《祭裴氏姊文》）。在这严峻的生活环境中，李商隐勤奋读书，志在猎取功名，振兴家道。他跟随一位积学的堂叔学习经籍和古文，十六岁时就著有《才论》、《圣论》等文章，为士大夫所知。

唐文宗大和三年(829),李商隐被天平军节度使令狐楚召聘入幕作巡官,开始了他一生飘蓬般的"薄宦"生涯。令狐楚很爱重他的才华,竭诚奖掖,亲自指导他学习时兴的骈文,并让儿子令狐绹与他交游。大和六年,令狐楚调任河东节度使、北都留守,李商隐随从至太原。他二十二岁时初次到京城应举,落第后一度在从表叔兖海观察使崔戎幕中。不久崔戎病卒,他无所依倚,便到河南济源的玉阳山、王屋山一带隐居学道。在唐代,学道是一种时髦的风尚、求仕的"终南捷径"。李商隐学道的最大收获大概就是彻底认识到求仙的虚妄,这反映在他后来写的许多与仙道有关的讽刺诗中。他还与女道士宋真人相恋。宗教的神秘气氛、道山幽奇冷峭的环境以及受压抑的苦闷的爱情,都给他提供了不少诗材和意境。

李商隐早年的诗作存留不多,但也显露出诗人远大的志向和卓越的才华。其中有一部分直接反映当时重大的社会政治问题的诗篇,如《隋师东》、《重有感》、《行次西郊作一百韵》等诗,有力地抨击宦官和藩镇割据势力,指事陈情,激切感人。还有一些作品用比兴的手法,寄托个人的凌云壮志和用世抱负,如《初食笋呈座中》和《无题》(八岁偷照镜)等,笔意宛转,含蓄有味。这些作品已初步显示了作者独特的艺术风格。

开成二年(837),李商隐经令狐绹引荐,登进士第。从此正式踏上仕途,并被卷入了复杂尖锐的党争中去。这年冬天,令狐楚卒,诗人失去凭依,次年到泾州(今甘肃泾川)入泾原节度使王茂元幕府。王茂元爱其才,将女儿嫁给他。当时唐王朝内部以牛僧孺和李德裕为首的两大政治集团正进行激烈的斗争(史称“牛李党争”),令狐父子属牛党,王茂元则接近李党。李商隐对两党并不怀偏见,也没有攀附其中任何一个,而令狐绹及牛党中人却认为他“背恩”、“无行”(《旧唐书·李商隐传》)。从此,他便在两党倾轧的险恶的政治漩涡中,至死无法自拔,成为党争的牺牲品。开成三年,他应吏部博学宏词科考试,先为考官周墀、李回所取,复审时却被中书省中有势力者除名。次年始释褐,授秘书省校书郎,随即外调为弘农尉,又因平反冤狱事触忤上司孙简,几乎罢官。开成五年,辞职回京,请求他调。这时武宗即位,任李德裕为宰相,王茂元也内召入朝。会昌二年(842),李商隐参加吏部甄拔试入选,授秘书省正字,时年三十一岁,以为从此可实现理想,重振家声。可惜同年冬,即遭母丧离官,移家永乐(今山西芮城),过着隐居读书的闲适生活。会昌五年秋,服丧期满,回到长安复职。但好景不长,武宗服金丹死去,宣宗即位,重新起用牛党,大黜李党。大中元年(847),李商隐三十七岁,离开长安,开始了长期的漂泊生涯。

从开成三年到会昌六年这九年间,是李商隐的诗歌创作向纵深发展的时期。诗歌的题材更加丰富,感事抒怀,羁旅行役,咏史咏物,都写得沉厚深婉,在艺术上渐趋成熟之境。其代表作如《安定城楼》、《任弘农尉献州刺史乞假归京》等,表现了诗人的远大理想和铮铮风骨。《哭刘司户蕡》、《哭刘蕡》等,对高风亮节的友人表示了深挚的敬意。

宣宗大中元年(847),李党的给事中郑亚外放为桂州刺史、桂管防御观察使,辟李商隐入幕,为掌书记。诗人在桂州(今广西桂林)虽受礼遇,但心情还是抑郁的。次年二月,郑亚被贬循州刺史,李商隐只好北还,在湖南观察使李回幕中稍事逗留，冬初返长安参加冬选，为盩厔（今陕西周至）尉，不久改为京兆参军。大中三年冬，又到武宁军节度使（治徐州）卢弘止幕中，为判官，得侍御史衔。大中五年春，再入朝，得到对他有宿怨的宰相令狐绹的帮助，补太学博士。不久，妻王氏病故，这使他精神受到很大刺激，思想非常消极和痛苦。大中五年七月，柳仲郢任东川节度使，诗人被辟为书记，在梓州（今四川三台）幕府中一住五年，直到大中十年春，才随柳仲郢返长安，就任盐铁推官，一度游历江东。大中十二年（858），罢职回郑州闲居，大约就在这年年底，李商隐怀着匡国未遂之志，在凄凉寂寞中死去了。年仅四十六岁。

李商隐在大中年间，度过他最坎坷失意的后半生。这十二年中，三入幕府，漂泊天涯，眷顾皇都，想念妻儿，忧愤政治生活的黑暗，感慨世事的沧桑变幻，他写了大量的政治议论诗和抒情诗。忧时伤国的感情和个人不幸的身世结合起来，形成了他晚期诗歌沉郁苍凉的风格。这时期的诗作如《乱石》、《梦泽》、《杜工部蜀中离席》、《夜饮》、《筹笔驿》等，都是感怀身世、吊古伤时的名篇。而在颓年时写作的《幽居冬暮》，则自然深至，以沉挚之笔表达壮志难酬的悲愤。李商隐后期的诗歌，风格老成，情致深蕴，在艺术上已达炉火纯青的境界。

二

李商隐是晚唐渐趋寥落的诗坛中最光辉灿烂的一颗晨星。他的诗作流传下来的约六百首，其中比较突出的是抒情诗。而在抒情诗中最主要的是自伤身世之作。

由于适逢衰世，命运坎坷，在李商隐的抒情诗中，表现了积极用世和消极避世两种思想的矛盾，传达了封建社会中怀才不遇的文人苦闷忧痛的心声。诗人的本性是要奋发向上、有所作为的，他青年时代写的《安定城楼》诗中，就曾发出"永忆江湖归白发，欲回天地入扁舟"的豪言壮语，表现了诗人的气概和襟怀。尽管在仕途上困顿失意，屡遭排斥，仍希望能有所作为，一展抱负，直到去世前不久，他还为自己未能实现救国救民的愿望而感愤不已："如何匡国分，不与夙心期！"（《幽居冬暮》）另一方面，由于壮志成虚，致君无路，诗人惘惘不甘而又无法自遣，在他的诗中常流露出浓重的悲观伤感的情绪。他借酒消愁："谁能辞酩酊？淹卧剧清漳！"（《夜饮》）他欲哭无泪："莺啼如有泪，为湿最高花。"（《天涯》）家国之感，身世之悲，触绪纷来，这些诗歌沉痛地控诉社会对人才的摧残，即令千百年后的读者都为诗人不幸的命运而咨嗟不已。

李商隐的诗歌，每每"因事寄情，寓物成命"（《上令狐相公状二》），以咏物来寄寓作者的情怀，这是李商隐抒情诗的一个重要的表现形式。诗人以敏锐的观察力，体物入微，先得物之神理，然后把自己的感受融进物中，物我一体。如："万里重阴非旧圃，一年生意属流尘。"（《回中牡丹为雨所败》）流光畹晚，国香零落，这不也是诗人自己身世的写照吗？又如著名的《蝉》诗："本以高难饱，徒劳恨费声。五更疏欲断，一树碧无情。"写蝉悲鸣传恨，但却得不到同情，表达了诗人哀告无门的痛苦的心声。物我交融，思深意远。

在李商隐的抒情诗中，最引人注目的就是"无题"诗。无题诗是李商隐独具一格的创造，大都写得较为深曲隐晦，千百年来解说纷纭，莫衷一是。这些诗歌每以爱情相思为题材，情致缠绵，意境幽渺，辞藻精丽，声调和美，代表了李商隐诗艺术上的最高成就，也是唐诗艺术宝库中不可多得的瑰宝。无题诗中有些寄寓身世感慨之作，如"何处哀筝随急管"、"重帏深下莫愁堂"等，用意显明，索解较易；但多数篇什托意是在若有若无之间，难以一一指实，如"来是空言去绝踪"、"相见时难别亦难"等，表达固结不解的深怨遥情。其中如"春蚕到死丝方尽，蜡炬成灰泪始干"等名句，长期以来被人们广为传诵。这也说明无题诗中抒写的悲剧性的爱情相思，是与诗人个人身世和时代命运息息相通的，它表现了作者在政治生活上的希望、追求以及失意的苦闷和悲愤。

除了无题诗中若隐若现的情诗外，李商隐还写了大量有关恋爱、婚姻和家庭生活的诗篇。其中如《碧城》、《重过圣女祠》、《春雨》等诗与无题诗相似，意境惝恍迷离，大约有些难言之隐。经历过几次痛苦的失恋之后，李商隐和王茂元之女结了婚。出身贵家的王氏很贤德，即使这场婚姻给诗人带来许多政治上的麻烦，但他们夫妇间的感情还是十分融洽的。诗人在宦游漂泊时，写了不少表现客中思家心事的深于言情的佳作。王氏卒后，诗人悲痛万分，更写了许多悼亡诗。如《伤悼后赴东蜀辟至散关遇雪》，写赴蜀途中遇雪，梦见王氏为自己赶制寒衣。无家而作有家之想，真是字字血泪，至情感人。

李商隐写了许多政治诗，其中的重要内容是反映唐代后期的政治生活和社会面貌。诗中常对当时严重的政治问题提出自己精辟的见解，并表现出对国事的关切和忧愤。诗人强烈地反对宦官专权和藩镇割据这两大政治祸害。如名作《重有感》记述大和末年震动朝野的"甘露之变”，对宦官篡权乱政、屠杀士民的暴行进行了无情的揭露和鞭挞，表现了作者卓越的识见和胆略。《隋师东》反对藩镇割据，并指出朝廷政策的失误，任用非人，以致军阀野心得逞。尤其是长篇古诗《行次西郊作一百韵》，追溯唐王朝二百年来治乱兴衰的历史，具体描述唐中叶以来的社会面貌，揭露了朝政的腐败和藩镇割据纷争给人民带来的苦难，其深度和广度不亚于以“诗史”著称的杜甫《自京赴奉先县咏怀五百字》、《北征》等作品。在这些抒写时代乱离感慨的诗篇中，充满着富于正义感的诗人对国事深切的忧伤和愤激。

咏史是李商隐政治诗的重要部分。诗人直接选取故实作为素材，用自己丰富的想象力进行艺术加工，熔史事、政论，抒情于一炉，借古讽今，寄托怀抱。诗人往往只抓住史实中最能激发自己感想的部分，借题发挥。既有浪漫的联想，又不背离历史事实。讥评当世，指斥时事，使咏史成为政治诗的一种特殊形式。这些作品每选取历史上著名的暴君昏主为表现的主题，如《齐宫词》、《南朝》、《隋宫》、《北齐二首》等，或讽刺他们的荒淫误国，或嘲笑他们的昏庸无能，讽喻当时现实的用意很明显。又如《马嵬》等诗，甚至连本朝皇帝的家丑都无情地揭露出来，用笔尖刻，略无顾忌，以至被后世评家指责为“大伤名教”、“用事失体”。唐代许多皇帝迷信神仙方术，妄求长生，诗人对他们的愚蠢行径予以辛辣的嘲讽。如著名的《瑶池》诗，从虚想落笔，写被西王母所宠遇的周穆王犹不能永年，引出题旨，说明求仙的无益，造成意深味永的艺术效果。

三

李商隐的诗歌在艺术上有很高的成就。在诗歌技法上自辟蹊径，形成独特的风格。后人把他这种“寄托深而措辞婉”(叶燮《原诗》)的诗体称为“义山体”或“玉谿体”。

工于比兴，妙于象征，这是李商隐诗最主要的艺术特色。诗人运其神思，让美妙的联想和幻想的翅膀，翱翔今古，搏击天地。他的联想和幻想又是跟现实生活紧密地结合在一起的，往往借用现实生活中的具体事物去表现特殊的意义。寓象征于比兴之中，用诗人那活跃而敏感的心灵，向茫茫的大千世界探索，与宇宙万物融为一体，因而创造出杳渺朦胧的诗境和变幻无端的意象。奇辉异彩，丽情幽思，那广博深微的艺术境界，真使读者目眩神迷，感受到强烈的诗美。诗中的具体事物也都披上了诗人心灵的精光而照临万世：“庄生晓梦迷蝴蝶，望帝春心托杜鹃。沧海月明珠有泪，蓝田日暖玉生烟。”(《锦瑟》)诗中把那亘古的悲哀，似乎是无法言诠的情意，用象征的手法阐示出来，寄兴深微，寓意空灵。在这超妙的诗境中所蕴含的美，是像明珠暖玉那样使人抚玩无已的。在诗歌的风格美中何尝没有诗人的人格美呢！诗人以眼前所见的景物，寄寓个人的情怀。如“五更疏欲断，一树碧无情”(《蝉》)，除了把夜蝉哀鸣欲绝的特征表现出来，还造成一个深渺凄清的诗境，通过“碧无情”三字，诗人把自己幻觉般的特殊感受，巧妙地转移给读者了。又如“莺啼如有泪，为湿最高花”(《天涯》)，给客观事物涂上浓厚的主观色彩。诗人想象自己变成一只黄莺，用它的悲泪洒在最末一朵小花上，去伤悼永远逝去的青春。唐诗中这种象征手法，发展到李商隐，达到登峰造极的地步。

善于运典，这是李商隐诗艺术上的又一特色。借古代的事来表现现实生活，是文人创作的重要手段。诗人身处乱世，常恐罹谤遇祸，所以在写作时每采用借古讽今的方法，组织故实，裁熔史事，或以讥刺朝政，或以寄托个人有志难酬的悲愤，每能收到既尖锐深刻而又含蓄不露的艺术效果。另一方面，有些诗涉及爱情问题，于己于人，都有不便明言之处，借典故来表达，可给具体的情事披上一层轻纱，使之更神秘、更美。从艺术角度来看，诗歌的语言力求精炼，恰当运用典故，通过暗示唤起读者的联想，就可省掉许多不必要的叙述和说明，使诗歌的内涵更丰富多彩。李商隐是饱读诗书的才子，他有广博深厚的古文化知识，经史罗于胸中，真叫古人在他的笔底奔命不暇："此日六军同驻马，当时七夕笑牵牛。"(《马嵬》)"玉玺不缘归日角，锦帆应是到天涯。"(《隋宫》)"徒令上将挥神笔，终见降王走传车。"(《筹笔驿》)运典使事，精切不移，沉着简炼，唱叹有情。李商隐用典，也不践前人的旧路，而是把典故活用，正典反用，开拓更宽广的途径。试看他的《任弘农尉献州刺史乞假归京》诗："黄昏封印点刑徒，愧负荆山入座隅。却羡卞和双刖足，一生无复没阶趋。"诗人因"活狱"而触怒上司，愤而离职。末两句用卞和抱玉璞献给楚王而惨遭酷刑的典故，借助类比和联想，使不便明确说出的意思找到恰当的表达形式，丰富了诗歌的构思和表现力。

清词丽句，语言凝练，这是李商隐诗艺术特色之三。李商隐是位极富于艺术感的诗人，对美有独特的会心之处。他既有富艳精工、词采浓重的诗歌，也有穆如清风的白描之作。在富丽之中时带沉郁，在清新之中不失厚重；

字字锤炼而又不着痕迹，词语浅近而又中含深意。如有名的《曲江》诗："金舆不返倾城色，玉殿犹分下苑波。"字面上堆金砌玉，情调却沉重苍凉。用清丽的词语，写悲慨的情怀，寓时世的深感，这是李诗有异于其他藻绘繁缛的晚唐诗之处。又如《二月二日》诗，以美景写哀思，以欣欣向荣的春色与个人的失意沦落作对照，全诗纯用白描，而用意却极为深厚。李商隐还特别着力于锻炼字句，尤善使用虚字。如《风雨》诗："黄叶仍风雨，青楼自管弦。"上句着一"仍"字，下句着一"自"字，诗意便更为深婉曲折。

由于上述特点，李商隐诗在艺术上形成了含蓄婉曲、情韵深长的风格。前人评李诗"深情绵邈"（刘熙载《艺概·诗概》）、"哀感沉绵"（张采田《李义山诗辨正》）、"精密华丽"（叶梦得《石林诗话》），基本上概括了李商隐诗歌的特色。一位作家独特的艺术风格，是在对前人多种多样的艺术风格揣摩、学习的基础上，兼收并蓄、融汇贯通而形成的。屈原的"上下而求索"的精神和"虽九死其犹未悔"的意志，对李商隐的为人和创作思想有很大的影响，那种"美人香草"式的寄托手法，更是诗人着意仿效的。李商隐早年对六朝文体曾下过工夫，对徐陵、庾信等"采色浓而淡语鲜"的诗作的摹拟，也造成李诗中绮靡华艳的特色。而对李商隐影响最大的还是杜甫。杜甫以诗为史，忧国伤时，句律精严，沉郁顿挫。李氏"学老杜而得其藩篱"（《蔡宽夫诗话》引王安石语），他的诗如"雪岭未归天外使，松州犹驻殿前军"（《杜工部蜀中离席》）、"永忆江湖归白发，欲回天地入扁舟"（《安定城楼》）、"江海三年客，乾坤百战场"（《夜饮》）等，都神肖杜甫。尤其是长诗《行次西郊作一百韵》，指事陈情，激切感人，自是从杜甫《北征》诗脱胎而出。此外如韩愈的雄直恣肆、李贺的奇诡瑰丽，都给李商隐诗一定程度的影响。就这样，博取广收，李商隐终于在唐代诗坛上独辟蹊径，开拓出典雅华丽而又寄情深婉的新境界。他的诗歌艺术对后世也有着深远的影响。晚唐诗人唐彦谦、韩偓以及宋初西昆体作家，直至清代钱谦益、黄景仁、龚自珍等诗人，都不同程度地学李商隐；北宋的一些词人，也从李诗中吸取了深情绵邈、婉曲见意的特色，形成了“婉约”的词风。

四

自明末清初以来，李商隐诗的评注家纷起，各申己见，异说纷纭。如清代的朱鹤龄、陆昆曾、程梦星、冯浩、屈复以及近人张采田等，都对李诗下过一番功夫，尤以冯浩的《玉谿生诗集笺注》和张采田的《玉谿生年谱会笺》最为详备。钩沉索隐，考订生平，编成年谱，在诗文下逐篇注明了编年的依据，并作细致的笺释。前人的工作是有意义的，对我们读通深曲隐晦的李商隐诗有一定的帮助。可惜的是，过去的笺注家们过分强调“细案行年、曲探心迹”的方法，以为李诗皆有寄托，甚至把一些纯粹的爱情诗都比附为写李商隐与令狐绹的关系，给李诗又笼上一层层迷雾。这本《李商隐诗选译》，选录了李诗八十三首，都是历来传诵的名篇，先后排列略依冯浩本。在提示和注释部分，尽量吸取前人及当代学者的研究成果，对存有歧见的篇章词句，则采用当今学术界通行的论点和见解，择善而从，力图避免臆测和附会。本书对所选入的李商隐诗歌都作了今译。译诗以直译为主，意译为辅，采用“现代格律诗”的形式，注意诗句的排列和声韵的谐调，力求传递出原诗内容和风格的特色。古典诗词今译是艰巨而复杂的工作，移译素称深曲的李商隐诗更不容易，本书译诗不妥之处，敬祈专家、读者批评指正。

陈永正（中山大学中国古文献研究所）

隋　师　东

唐王朝自安史乱后，藩镇割据，“天下尽裂于方镇”，军阀攻战，反抗朝廷。唐敬宗宝历二年(826)，横海镇(治所在今河北沧县)节度使李全略死，其子李同捷未经朝廷任命，擅领留后事(代理节度使)，朝廷不敢问。文宗大和元年(827)五月，以李同捷为兖海节度使，李同捷抗命不从。八月，朝廷调发众镇军将进讨。由于军政腐败，沿途骚扰，兵势纠结，江淮地区遭到很大的破坏。直到大和三年四月，唐军才攻占沧州，斩李同捷。这年十一月，李商隐应天平军节度使令狐楚之聘，入幕为巡官，随军东赴郓州(今山东郓城)，途中目睹丧乱之后的破败景象，很有感触，因作此诗。诗中记述了这次平叛过程，并发表了深刻的感想。诗篇开端有力，写朝廷丧失威望，政令不行，唯以厚赂收买军心。次联揭露军中赏罚不明，纪律颓坏，诸将虚报战绩，浮夸成风。第三联点出主题，说明藩镇割据的根源，在于朝廷政事不修，贤人失位，姑息养奸。结尾以眼前实景作气氛渲染，景中寓情，感慨无限。中间四句运用典故和比喻，贴切生动，贯以“未闻”、“唯是”、“但须”、“岂假”等虚词，一气呵成。题作“隋师东”，隋，同“随”，因作者自洛阳随军东去郓城，故名。

东征日调万黄金①，几竭中原买斗心②。
军令未闻诛马谡③，捷书惟是报孙歆④。
但须鸑鷟巢阿阁⑤，岂假鸱鸮在泮林⑥？
可惜前朝玄菟郡⑦，积骸成莽阵云深⑧！

【注释】

① 东征：指讨伐李同捷。横海镇在长安之东。调(diào)：征调，向人民征敛。② 几(jī)：几乎。买斗心：指用犒赏来收买、换取将士们的斗志。③ 马谡(sù)：三国时蜀国将领。他自负才能，好谈军事，被诸葛亮所器重。建兴六年(228)诸葛亮伐魏，马谡任先锋，刚愎自用，违反军令节制，打了败仗，被诸葛亮按军法处死。诗中用此典，反衬朝廷军纪败坏，对违令者不依法惩处。④ 孙歆(xīn)：三国时吴国都督。晋太康元年(280)晋军伐吴。大将王濬谎报战功，说已斩得孙歆首级。后来晋将杜预俘获孙歆，解送洛阳，揭穿了真相。诗中用此典，写东征的将领虚报战功，以邀重赏。⑤ 但：只。鸑鷟(yuè zhuó)：凤凰的别称。这里比喻贤人君子。阿(ē)阁：四面有栋、有檐霤的楼阁。这里指宫殿。鸑鷟巢阿阁，比喻贤明的宰相在朝廷执政。⑥ 岂假：哪能让。鸱鸮(chī xiāo)：猫头鹰。泮(pàn)：泮

官，周代诸侯的学官。泮林，泮宫旁的树林。《诗经·鲁颂·泮水》：“既作泮宫，淮夷攸服。”是说鲁君兴学修德，使夷族归化。这里反用其事。鸱鸮在泮林，比喻藩镇割据州郡。⑦ 前朝：指汉朝。玄菟(tú)郡：汉代设置的郡。即今河北中部临渤海一带的地区。诗中指沧州一带。⑧ 骸(hái)：尸骨。莽：密生的草，草丛。阵云：浓厚的云层。这里指肃杀的战云。

【翻译】

朝廷为了东征叛逆，
　　每日耗费上万两黄金。
几乎竭尽中原财力，
　　贿买将领的斗志军心。
没听过有严明军令——
　　像孔明挥泪斩马谡；
光是知道捷书邀赏——
　　像王濬谎报杀孙歆。
只要有祥鸟凤凰
　　结巢在皇家阿阁，
岂能让恶禽鸱鸮
　　窃据着泮宫树林？
可惜啊，在汉朝曾为
　　玄菟郡的地方，
如今尸骨积如丛莽，
　　战云杀气深深。

无　　题

这是李商隐早年的诗作。诗写一位聪明美丽的姑娘萌生爱情的过程。她的姿容和才能很早就显露出来，她也认识到自己具有这些美好的素质。可是，独处在深闺之中，青春虚度，念及将来的出路和前途，便不能不伤心下泪了。诗中所写的少女，或有作者的影子。诗篇借这位志行高洁的少女的遭遇，寄托自己渴求用世而不可得的苦闷心情。本篇吸取古代民歌的排比描写手法，清新明快，直起直收，自成一格，结尾处含蓄有味。

八岁偷照镜，长眉已能画①。
十岁去踏青②，芙蓉作裙衩③。
十二学弹筝④，银甲不曾卸⑤。
十四藏六亲⑥，悬知犹未嫁。
十五泣春风，背面秋千下⑦。

【注释】

① 画：古代女子以黛饰眉，称画。这两句写女孩子很早就懂事，顾影自怜。② 踏青：春天郊游。③ 芙蓉：荷花。裙衩(chà)：代指裙服。用荷花作裙，象征人的情操高洁。语本《楚辞·离骚》："制芰荷以为衣兮，集芙蓉以为裳。"④ 筝(zhēng)：一种拨弦乐器。⑤ 银甲：用金属制成的指甲，长一寸多，套在手指上拨弦。卸：解下。这两句写女孩子学习技艺的勤奋。⑥ 藏：躲避。六亲：父系、母系等六系亲属，古来说法不一。这里指关系密切的亲属。古代礼教要求男女有别，女子居于深闺，连男性近亲都要回避。这两句寄寓诗人怀才不遇的感慨。⑦ 背面：背对着人。这两句写主人公面对着大好春光，触动情怀，心事重重，背着女伴在秋千架下暗自流泪。

【翻译】

八岁时偷偷地照镜子——
　弯长的双眉已会描画；
十岁去郊外踏青春游——
　采摘芙蓉来装饰裙衩；
十二岁用功学习弹筝——
　从来不脱下拨弦银甲；
十四岁便得回避六亲——
　料想爹娘还未曾许嫁；
十五岁了，对春风暗泣——
　背人独立在秋千架下。

牡　　丹

这是一首歌咏牡丹的诗篇。李商隐善于用典,全诗八句,分用八个典实,一气涌出,却不见堆砌的痕迹。首联形容牡丹的含苞乍放,以美女南子和美男鄂君作喻,表现绿叶扶持着的娇艳的鲜花,气象富贵。次联写“垂手”、“折腰”的舞姿,形容牡丹花叶在风前婀娜摇动的情态。三联写花的光彩夺目和独特芳香。末联轻轻一点,关合自身。作者自负绝世才华,借牡丹的美艳以为写照。

锦帏初卷卫夫人①,绣被犹堆越鄂君②。
垂手乱翻雕玉佩③,折腰争舞郁金裙④。
石家蜡烛何曾剪⑤?荀令香炉可待熏⑥?
我是梦中传彩笔⑦,欲书花叶寄朝云⑧。

【注释】

① 卫夫人:春秋时卫灵公的夫人南子。《典略》载,孔

子到卫国见南子，夫人在锦帷中答拜，环佩玉声璆(qiú)然。② 越鄂君：春秋时楚王的母弟鄂君子皙。《说苑》载，鄂君泛舟于新波之中，越人拥楫而歌曰："山有木兮木有枝，心悦君兮君不知。"于是鄂君行而拥之，举绣被而覆之。清人马位《秋窗随笔》指出，鄂君以绣被拥越人，并非越人拥鄂君，此诗用典有误。③ 垂手：舞蹈动作。古代舞蹈有"大垂手"、"小垂手"之名。④ 折腰：弯腰。《西京杂记》载，戚夫人善为翘袖折腰之舞。郁金裙：用郁金香草染色的彩裙。⑤"石家"句：《世说新语・汰侈》载，西晋石崇，极其奢豪，用蜡烛代薪。剪：剪掉燃尽的烛芯。⑥"荀令"句：《襄阳记》载，荀彧至人家，坐幕三日香气不歇。荀令，即荀彧，曹操时为尚书令，世称荀令君。⑦ 梦中传彩笔：《南史・江淹传》载，诗人江淹，"尝宿于冶亭，梦一丈夫自称郭璞，谓淹曰：'吾有笔在卿处多年，可以见还。'淹乃探怀中得一五色笔授之。尔后为诗绝无美句，时人谓之才尽"。这里反用其事，是说自己正拥有江淹梦中所得彩笔，富于才思华藻。⑧ 花叶：一作"花片"。朝云：指传说中的巫山神女。诗中当指自己所恋慕的一位女子。言下之意谓只有她才能与牡丹比美，才配读自己所写的牡丹诗。

【翻译】

织锦的帘帷刚刚卷起——
　　是那美艳的卫夫人，
丝绣的褥被还堆拥着——
　　是那俊秀的越鄂君。
像在垂手而舞

雕玉佩饰正零乱翻动，
像在弯腰而舞
郁金裙子正争相回旋。
它光彩四照，像石崇家的蜡烛，
哪须常把烛芯剪去？
它自然温馨，像荀令君的体肤，
岂用香炉细细染熏？
我是诗人江淹
在梦中得到的那支彩笔，
想把清词丽句
题写在花片上寄给朝云。

初食笋呈座中

大和七年(833),李商隐二十一岁,到京师应试落第,遂东游郑州、华州一带。华州刺史崔戎送他到南山读书。次年三月,崔戎调任兖海(今山东兖州西)观察使,作者随至兖州幕中,掌章奏之事。本诗当是此时之作。诗歌以初出林的新笋寓意,讽劝当权者要爱惜人才,而不应横加摧折。诗歌的构思新颖,含意深沉。“凌云一寸心”一语,更表现了诗人昂扬的意气。

嫩箨香苞初出林①,於陵论价重如金②。
皇都陆海应无数③,忍剪凌云一寸心④。

【注释】

① 箨(tuò):竹箨,俗称笋壳。苞:指由箨包裹着的嫩笋。② 於(wū)陵:汉代於陵县,唐时为长山县(今山东邹平东南),邻近兖州。竹子主要分布在长江流域以南,兖州

地处黄河流域，竹子稀少，仅产刚竹等少数品种。竹笋味道鲜美，故说“论价重如金”。③ 皇都：京城长安。陆海：指长安附近的鄠、杜竹林。其地因物产丰富，号称“陆海”（见《汉书·地理志》），认为它虽是高原陆地，但物产富饶，如海洋般无所不容。④ 忍：怎忍。凌云一寸心：双关语，竹笋长成高入云霄的竹子，比喻青年的心怀有凌云壮志。

【翻译】

幼嫩的箨，香美的苞——
　新笋刚出竹林。
拿到於陵市中议价——
　贵重胜似黄金。
京城物产丰饶
　竹林也应无数，
怎忍剪断新笋
　凌云的一寸心！

宿骆氏亭寄怀崔雍崔衮

秋夜，诗人旅宿在骆氏园亭，幽静的环境引起了诗人寂寥之感、身世之悲、忆旧之情，于是写下了这首婉曲凄美的小诗。诗中句句写景，句句寓情，只以“相思”二字微露本意，而诗人孤怀难遣，长夜无眠的况味，读者自可意会。骆氏亭是在灞陵附近的处士骆氏的园亭。崔雍、崔衮，华州刺史崔戎之子，作者的从表兄弟。

竹坞无尘水槛清①，相思迢递隔重城②。
秋阴不散霜飞晚，留得枯荷听雨声。

【注释】

① 竹坞(wù)：从竹掩映的船坞。水槛(jiàn)：指临水有栏杆的亭榭。此指骆氏亭。② 迢递：遥远的样子。重城：一道道城关。

【翻译】

竹丛里船坞深静无尘，
　临水的亭榭分外幽清。
相思之情啊飞向远方，
　可却隔着重重的高城。
秋空上阴云连日不散，
　霜飞的时节也来迟了。
留得满池枯残的荷叶，
　好听深夜萧瑟的雨声！

夕 阳 楼

此诗题下作者自注说:"在荥阳。是所知今遂宁萧侍郎牧荥阳日作矣。"荥阳,今属河南。萧侍郎,指萧澣,他在大和七年(833)任郑州刺史时,建夕阳楼。李商隐曾受萧澣知遇。大和九年七月,郑注、李训专权,萧澣被贬遂州刺史,再贬司马。李商隐在九月过荥阳登夕阳楼时,触景怀人,有感而写了这首诗。

花明柳暗绕天愁①,上尽重城更上楼②!
欲问孤鸿向何处③?不知身世自悠悠④。

【注释】

① 花明:九月繁花凋谢,菊花开放,特别鲜明。柳暗:秋天柳色深绿,显得晦暗。绕天愁:忧愁随着天时循环运转而来,秋天有秋愁。② 重城:等于说"层城",指高高的城楼。楼,指夕阳楼。③ 孤鸿:孤飞的鸿雁。古诗中常以

喻独行无依的人。这里比喻被贬遂州的萧澣。④ 身世：诗人自谓。悠悠：长远不尽，茫无头绪。

【翻译】

花明柳暗，忧愁绕着天时转。
登上了高高城楼，又上高楼。
要想问孤飞的鸿雁——
　你将飞向何方？
岂不知自己的身世——
　同样悠悠茫茫！

重 有 感

唐文宗时，宦官仇士良专权。大和九年(835)，宰相李训、凤翔节度使郑注等，密谋内外协力，铲除宦官集团。他们在左金吾厅事先暗藏武士，假称厅后石榴树上夜降甘露，以诱使仇士良等去验看，拟趁机执杀仇等。不料事机不密，被宦官察觉，仇回宫劫持文宗，并派禁军捕杀李训诸人，同时株连许多无辜的士民，自此朝政大权完全落到宦官手里。这就是历史上的“甘露之变”。次年，昭义军节度使刘从谏几次上表斥责宦官专权滥杀，扬言要进兵捍卫王室，这才使宦官们的气焰有所收敛。李商隐在事变当年曾写了《有感》二首，此诗再写其事，所以题为“重有感”。诗中对刘从谏上表之事予以肯定，并主张各地的武装力量进兵京城，清除宦官，恢复皇帝的自由，体现了作者关注国家命运的精神和强烈的正义感。本篇议论深刻，爱憎分明，用典工切，造语精严。尤其注意虚词的使用，使文势变化跌宕。

玉帐牙旗得上游[①]，安危须共主君忧[②]。
窦融表已来关右[③]，陶侃军宜次石头[④]。
岂有蛟龙愁失水[⑤]，更无鹰隼与高秋[⑥]！
昼号夜哭兼幽显[⑦]，早晚星关雪涕收[⑧]？

【注释】

① 玉帐牙旗：指出征时主帅的营帐大旗。得上游：比喻占据有利地势。② 安危：偏义复词，指危难。主君：指文宗。这两句是说刘从谏掌握一方军队，占据有利地势，理应捍卫朝廷。③ 窦融：东汉初扶风人。他任凉州（今甘肃、宁夏一带）牧时，知光武帝刘秀将讨伐军阀隗嚣，就主动上表请问出兵日期，准备效力。诗中喻指刘从谏。关右：函谷关以西地区。指窦融驻地。④ 陶侃：东晋庐江人。晋成帝时苏峻谋反，攻入京城，迁成帝于石头城（在今江苏南京石头山后）。陶侃时任荆州（今湖北江陵一带）牧，被推为讨逆军盟主，进兵石头城，诛杀苏峻。宜：应该。次：进驻。诗意希望刘从谏能效法陶侃，进军长安，平定内乱。⑤ 蛟龙：喻皇帝。蛟龙失水，喻文宗受宦官挟制，失去权力和自由。⑥ 鹰隼（sǔn）：两种猛禽，善于搏击鸟兽。这里以喻武将。与：通“举”，飞扬。高秋：高爽的秋空。这两句用比兴手法，意思是说哪里会有皇帝为失权受制于人而担忧的道理？可是偏偏没有人出来像鹰隼那样扑击专权的宦官。⑦ 幽显：指阴间的鬼神和阳间的人。这句写宦官的暴行使朝野充满悲惨恐怖的气氛。⑧ 早晚：或早

或晚，何时。星关：天门。这里指皇宫。雪涕：抹干眼泪。

【翻译】

将军的玉帐牙旗正处有利地位，
国家危难的时刻应与皇帝分忧。
虽然已像窦融从关右奏上战表，
还应效法陶侃率大军进驻石头。
哪有蛟龙为失水而愁的道理，
偏无鹰隼在高爽的秋空遨游！
京城里日夜号哭不分阴间人世，
宫门内何时能抹干眼泪恢复自由？

行次西郊作一百韵

唐文宗开成二年(837)十二月,李商隐从兴元(今陕西汉中)返回长安,途经长安西郊,亲眼看到衰败的境况,对国事的强烈忧愤促使他写下这篇长诗。诗中概括了一代兴亡的历史,揭露了唐王朝内部各种腐败现象,指出国家致乱的根本原因就在于当权者的倒行逆施,大胆地谴责朝中尸位素餐的权臣,并把批判的矛头指向最高统治者。全诗共分三段。第一段描述作者在京郊所见农村荒凉破败的景象,引出村民的述说。第二段借村民之口记述了唐王朝百馀年来由盛至衰的历史,着重揭露唐中叶以来政治腐败、变乱频仍、民穷财尽、藩镇割据、宦官肆虐等种种严重的政治危机。第三段抒发了作者对国事极度忧愤之情,并提出任贤救国的主张。

诗歌夹叙夹议,结构严谨,语言质朴,感情深挚。在构思布局和表现方法上明显受到杜甫《咏怀》、《北征》等诗的影响。次,途中停留。

蛇年建丑月[①]，我自梁还秦[②]。南下大散岭[③]，北济渭之滨[④]。草木半舒坼[⑤]，不类冰雪晨[⑥]。又若夏苦热，燋卷无芳津[⑦]。高田长槲枥[⑧]，下田长荆榛[⑨]。农具弃道旁，饥牛死空墩[⑩]。依依过村落[⑪]，十室无一存。存者背面啼[⑫]，无衣可迎宾。始若畏人问，及门还具陈[⑬]。

【注释】

① 蛇年：即开成二年，夏历为丁巳年，巳在十二生肖中属蛇，故称。建丑月：十二月。夏历以建寅为正月，故丑月十二月。② 梁：梁州，治所在兴元（今陕西汉中）。秦：指长安。③ 大散岭：指大散关。在今陕西宝鸡西南。④ 济：渡。渭：渭河，流经宝鸡、眉县至长安南。以上四句叙述旅行的时间和途程。⑤ 舒坼（chè）：舒展张开，形容萌发。⑥ 类：像。⑦ 燋（jiāo）卷：焦枯卷缩。津：水液。⑧ 槲枥（hú lì）：槲树和栎树，泛指野生树木。⑨ 荆榛（zhēn）：泛指丛生的荆棘。以上六句写久旱后土地荒芜，杂木丛生。⑩ 空墩（dūn）：荒废的土堆。⑪ 依依：依恋不舍。这里形容思绪万千，不忍即时离去。⑫ 背面：背对着人。⑬ 及门：到了家门。具陈：详细陈述。以上八句写农村破产、人民困苦的情况。

右辅田畴薄[①]，斯民常苦贫。伊昔称乐土[②]，所赖牧伯仁[③]。官清若冰玉，吏善如六亲[④]。生儿不远征，生女事四邻[⑤]。浊酒盈瓦缶[⑥]，烂谷堆荆囷[⑦]。健儿庇

旁妇⑧，衰翁舐童孙⑨。况自贞观后⑩，命官多儒臣⑪。例以贤牧伯⑫，征入司陶钧⑬。

【注释】

①右辅：指长安以西的京畿地区。②伊：发语词。③牧伯：州牧与方伯。指州郡的最高长官。④六亲：指最密切的亲属。⑤事：侍奉。指出嫁。⑥瓦缶(fǒu)：陶制的酒器。⑦荆囷(qūn)：用荆条编成的圆柱形粮囤。⑧健儿：强壮的男子。旁妇：外妇，侧室。在正妻之外还养着妾妇，说明生活富裕。⑨舐(shì)：伸出舌头来舔。这里以"老牛舐犊"形容老人对小孙子的爱抚。以上六句写当时人民生活丰饶快乐。⑩贞观：唐太宗年号(627—649)。这期间政治清明，史称"贞观之治"。⑪儒臣：泛指文官。⑫例：按照成规。⑬征入：召进朝廷。司陶钧：指当宰相。司，管理；陶钧，制陶器所用的转轮。古人以制陶者转动陶钧以喻治理国家。这一节追叙盛唐时期国家安定、人民休养生息的情况，点出政治清明的缘由在于宰相和地方官吏的贤明廉洁。

降及开元中①，奸邪挠经纶②。晋公忌此事③，多录边将勋④。因令猛毅辈⑤，杂牧升平民⑥。中原遂多故，除授非至尊⑦。或出幸臣辈⑧，或由帝戚恩⑨。中原困屠解⑩，奴隶厌肥豚⑪。

【注释】

①开元：唐玄宗年号(713—741)。②挠：扰乱，阻挠。

经纶:比喻国家的纲纪。③ 晋公:唐玄宗后期的宰相李林甫。开元二十五年封为晋国公,专权十馀年。此事:指上文的儒臣执政和牧伯征入之事。④ 录:录用。⑤ 猛毅辈:指凶猛强横的武臣。⑥ 牧:治理。升平:太平。以上六句写唐玄宗开元后期,李林甫忌贤,不用儒臣,提拔边将充任州郡及军镇长官,指出这是国家发生祸乱的根由。⑦ 除授:拜官授职。至尊:指皇帝。⑧ 幸臣:被君主宠幸的近臣。此指宦官高力士等。⑨ 帝戚:皇帝的亲戚,此指杨贵妃的亲属杨国忠等。以上四句谓皇帝大权旁落。⑩ 屠解:屠杀肢解。⑪ 奴隶:指权贵的奴仆走卒。厌(yàn):同"餍",吃饱。豚:乳猪。

皇子弃不乳[①],椒房抱羌浑[②]。重赐竭中国[③],强兵临北边。控弦二十万[④],长臂皆如猿[⑤]。皇都三千里[⑥],来往如雕鸢[⑦]。五里一换马[⑧],十里一开筵[⑨]。指顾动白日[⑩],暖热回苍旻[⑪]。公卿辱嘲叱,唾弃如粪丸[⑫]。大朝会万方[⑬],天子正临轩[⑭]。彩旗转初旭[⑮],玉座当祥烟[⑯]。金障既特设[⑰],珠帘亦高褰[⑱]。捋须蹇不顾[⑲],坐在御榻前。忤者死跟履[⑳],附之升顶颠[㉑]。华侈矜递衒[㉒],豪俊相并吞[㉓]。因失生惠养[㉔],渐见征求频[㉕]。

【注释】

①"皇子"句:写唐玄宗听信谗言,把皇太子李瑛和鄂王李瑶、光王李琚赐死之事。不乳:不养育,是被杀的曲

笔。② 椒房：后妃住的宫殿以椒泥涂壁。这里指杨贵妃。羌浑：少数民族名。这里指安禄山。安禄山为营州杂种胡人，得到玄宗的宠信。杨贵妃收安禄山为养子，为他举行洗儿仪式。③ 竭：耗尽。中国：国中。④ 控弦：拉弓的人。指士兵。⑤"长臂"句：史称汉朝名将李广"猿臂"，善射，这里形容安禄山的士兵善射能战。以上六句写玄宗对安禄山滥加封赏，委以重兵。⑥ 三千里：约举从安禄山驻地范阳(今北京大兴)到长安的距离。⑦ 雕鸢(yuān)：鹫鸟和鹞鹰。都是猛禽。⑧"五里"句：安禄山体肥重，途中要频频换马，特地在驿站间建置"大夫换马台"。⑨"十里"句：安禄山歇息之时，皇帝都赐以"御膳"，水陆俱备，极其豪奢。⑩ 指顾：手指目顾。白日：喻皇帝。⑪ 暖热：指脸色的温和或严厉。苍旻(mín)：青天，亦喻皇帝。⑫ 粪丸：蜣螂以土包粪，推转成丸，喻公卿丧权失位，贱如粪土。⑬ 万方：全国各地。⑭ 临轩：指皇帝接受臣下朝见。轩，殿堂前檐下的平台。⑮ 初旭：初升的太阳。⑯ 祥烟：朝会时在铜炉中燃烧香料，升起轻烟，以为"呈祥"。⑰ 障：屏风。⑱ 褰(qiān)：揭起。据《旧唐书·安禄山传》载，玄宗在御座边为禄山设一大金鸡障，前置一榻坐之，卷去其帘。⑲ 捋(lǚ)：用手指顺着抹过去。捋须，表示骄横得意。蹇(jiǎn)：傲慢。⑳ 忤(wǔ)者：触犯他的人。跟：脚后跟。履：鞋子。㉑ 以上十八句写安禄山横行无忌气焰熏天。㉒ 华侈：豪华奢侈。矜：夸耀。递：接连不断。衒(xuàn)：炫耀。㉓ 豪俊：指掌握大权的人。㉔ 生惠养：指对人民的爱护和照顾。㉕ 征求：指赋税徭役。这一节叙述开元末年唐玄宗宠信安禄山，造成藩镇势力膨胀，人民遭到残酷剥削的情况。

奚寇东北来①，挥霍如天翻②。是时正忘战，重兵多在边。列城绕长河，平明插旗幡③。但闻虏骑入④，不见汉兵屯⑤。大妇抱儿哭，小妇攀车轓⑥。生小太平年⑦，不识夜闭门。少壮尽点行⑧，疲老守空村。生分作死誓，挥泪连秋云。廷臣例獐怯⑨，诸将如羸奔⑩。为贼扫上阳⑪，捉人送潼关⑫。玉辇望南斗⑬，未知何日旋！诚知开辟久⑭，遘此云雷屯⑮。逆者问鼎大⑯，存者要高官⑰。抢攘互间谍⑱，孰辨枭与鸾⑲？千马无返辔⑳，万车无还辕㉑。城空雀鼠死，人去豺狼喧㉒。

【注释】

① 奚寇：代指安禄山叛军。其中有奚族人。② 挥霍：形容行动迅疾。③ 平明：天亮时分。幡（fān）：同“旛”，长方而下垂的旗子。④ 但：只。虏骑（jì）：蔑称安禄山的骑兵。⑤ 屯：驻扎，防守。以上八句写安禄山叛军长驱直入，没有遇到唐军的抵抗。⑥ 轓（fān）：车箱两边遮挡尘土的挡板。⑦ 生小：从小。⑧ 点行（háng）：按照户口册点名征发兵役。⑨ 例：比照，类同。獐怯：獐子性多疑善惊。⑩ 羸（léi）：瘦羊。⑪ 上阳：洛阳宫殿名。安禄山于天宝十五年（756）正月在洛阳自称“大燕皇帝”，降臣上表祝贺。⑫ 潼关：在今陕西潼关，为长安的门户。天宝十五年六月，安禄山攻陷长安，搜捕百官、宫女、宦官经潼关解送洛阳。⑬ 玉辇（niǎn）：皇帝乘坐的车子。这里指代玄宗。时玄宗已逃往西蜀。南斗：星宿名。⑭ 诚：确实。开辟：开天辟地。⑮ 遘（gòu）：遭遇。云雷屯（zhūn）：指巨大的变乱。《易·屯》彖辞：“屯，刚柔始交而难生。”古人认为盘古

开天辟地前世界是一片浑沌，天地刚分时，云雷交会，故“屯”象征灾难和变乱。诗中以喻安史之乱。⑯ 逆者：指叛逆的藩镇。问鼎：《左传·宣公三年》载，春秋时楚庄王路过洛阳，曾询问周室传国重器鼎的大小轻重，流露出觊觎王室之意。⑰ 存者：指未叛的藩镇。要(yāo)：要挟。⑱ 抢攘(chéng rǎng)：纷乱。间谍：侦伺。⑲ 枭(xiāo)：猫头鹰，喻恶人。鸾：凤凰一类的神鸟，以喻忠臣。⑳ 辔：驾驭牲口的嚼子和缰绳。此以代马匹。㉑ 辕：车辕。此以代车子。㉒ 喧：叫。这句喻安史乱党的气焰嚣张。这一节写安史乱中朝野上下极度的混乱，握兵者各谋私利，人民遭到劫难。

南资竭吴越①，西费失河源②。因令右藏库③，摧毁惟空垣。如人当一身，有左无右边。筋体半痿痹，肘腋生臊膻④。列圣蒙此耻⑤，含怀不能宣⑥。谋臣拱手立⑦，相戒无敢先⑧。万国困杼轴⑨，内库无金钱。健儿立霜雪⑩，腹歉衣裳单⑪。馈饷多过时⑫，高估铜与铅⑬。山东望河北⑭，爨烟犹相联B15。朝廷不暇给⑯，辛苦无半年。行人榷行资⑰，居者税屋椽⑱。中间遂作梗⑲，狼藉用戈铤⑳。临门送节制㉑，以锡通天班㉒。破者以族灭㉓，存者尚迁延㉔。礼数异君父㉕，羁縻如羌零㉖。直求输赤诚㉗，所望大体全㉘。巍巍政事堂㉙，宰相厌八珍㉚。敢问下执事㉛：今谁掌其权㉜？疮疽几十载㉝，不敢抉其根㉞。国蹙赋更重㉟，人稀役弥繁㊱。

【注释】

① 吴越：泛指东南地区。② 河源：指黄河上游的河西陇右一带。本为粮食产区，这时被吐蕃侵占。③ 右藏库：唐朝廷有左、右藏库，左存各地赋税，右藏贡物。安史乱后藩镇把持地方利权，不向中央贡献。④ 肘腋：比喻切近之地。膻膻(shān)：食肉兽和食草兽的骚臭气味，这里比喻侵扰中原的少数民族。此句说唐王朝的肘腋之地也常遭少数民族统治者的侵扰。⑤ 列圣：指安史乱后的历代皇帝。⑥ 含怀：藏在心里。⑦ 拱手：两手合抱，形容无所作为之状。⑧ 无敢先：没有人敢于倡先。以上四句写历朝君臣无敢雪耻逐寇。⑨ 万国：全国上下。杼轴(zhù zhóu)：织布机中的梭子和筘(kòu)。此指织机。困杼轴，指织机上没有布帛，意谓人民困于征赋。用《诗·小雅·大东》“杼轴其空”之意。⑩ 健儿：这里指士兵。⑪ 腹歉：肚饥。⑫ 馈饷(kuì xiǎng)：指军粮。⑬ 高估：估价升高。谓物价上涨。铜与铅：指劣质钱。唐德宗时多用铅锡钱，表面烫铜，斤两不足，故钱轻物重。以上六句写国库空虚，军饷不足。⑭ 山东：华山以东。河北：黄河以北。⑮ 爨(cuàn)烟：炊烟。⑯ 不暇给：即“日不暇给”。是说事情多，时间不够，无暇顾及。⑰ 行人：指行商。擢(què)：同“榷”，专利，专卖。擢行资，是说征收来往货物税。德宗时在各地通道设置关卡征税，每贯税二十文。⑱ 税屋椽(chuán)：征收房屋税，称为“间架税”。每间屋税五百至二千文不等。以上二句写唐德宗建中年间开始变革赋税制度。⑲ 作梗：捣乱。这里指藩镇从中阻挠，使朝廷号令不能达到地方。⑳ 狼藉：乱糟糟。戈铤(yán)：长戈和铁柄短

矛。这句写建中年间河北、淮西诸镇军阀相继叛乱。㉑ 临门:送上门去。节制:旌节和制节,是任命官职的凭证和文书。㉒ 锡:赐。通天班:即“擎天班”。相当于宰相一级的官阶。这两句写藩镇跋扈,朝廷只好忍气吞声,以高官要职羁縻之。㉓ 破者:指被朝廷消灭的藩镇,如西蜀刘辟、淮西吴元济、淄青李师道等。以,同“已”。㉔ 存者:指未被讨伐平定的藩镇。迁延:拖延观望,如河北诸镇,时而表示服从中央,时而恢复割据。㉕ 礼数:礼仪的等级。君父:即“君”。封建礼法,视君如父。㉖ 羁縻:笼络维系。羌零(lián):即先零羌。汉时羌族的一支。㉗ 直:简直。㉘ 大体:等于说“大局”,指君臣关系、帝国体制。以上十句写藩镇割据,朝廷无能为力,唯有虚加笼络而已。㉙ 政事堂:唐代宰相议事之处。㉚ 八珍:八种珍贵的食物。这两句讽刺宰相尸位素餐,毫无建树。㉛ 敢:表示冒昧之词。下执事:下属听候使唤的人。这句是古代的谦语,表示不敢直接动问对方,只能问他的下属。诗中是村民对作者的称呼。㉜ 其权:指宰相的权。㉝ 疮疽:喻各种祸患。㉞ 抉:挖出。㉟ 国蹙:谓朝廷控制的地区缩小。㊱ 弥:更。这一节叙述安史乱后国计民生的状况,抨击当权者姑息养奸,无法解决国家的危机。

近年牛医儿①,城社更攀缘②。盲目把大旆③,处此京西藩④。乐祸忘怨敌⑤,树党多狂狷⑥。生为人所惮⑦,死非人所怜⑧。快刀断其头,列若猪牛悬⑨。凤翔三百里⑩,兵马如黄巾⑪。夜半军牒来⑫,屯兵万五千。乡里骇供亿⑬,老少相扳牵⑭。儿孙生未孩⑮,弃

之无惨颜[16]。不复议所适[17]，但欲死山间[18]。

【注释】

① 牛医儿：指郑注。郑注行医江湖，由宦官王守澄推荐给唐文宗治风痹症，受到重任。这是对他的蔑称。等于说“医牛的小子”。② 城社：指城狐社鼠。比喻君主宠信的小人，如城头上的狐和神社中的鼠，为患却难以驱除，因为怕损及城社。攀缘：攀附。③ 盲目：郑注病眼。诗中讥笑他是瞎子。旆（pèi）：军中大旗。④ 京西藩：指凤翔。郑注曾任凤翔节度使。⑤ 乐祸：以祸患为乐，是说郑注把国家大事视同儿戏，随意招来祸患。怨敌：指宦官。⑥ 树党：培植党羽。狂狷（juān）：狂妄而急躁。《旧唐书》李训和郑注的传中，把他们的党羽称为“狂怪险异之流”、“轻浮躁进者”。⑦ 惮（dàn）：畏惧。⑧ 怜：同情。⑨ 列：陈列。郑注被杀后，头挂在长安兴安门上示众。以上十句是对郑注一党的批判。郑注和李训合谋诛灭宦官，事败被杀，牵连了很多人，酿成震动朝野的“甘露之变”。李、郑仓卒举事，自取败亡。但他们的本心还是有可取之处的，作者未免责之过甚。⑩ 三百里：指凤翔距长安三百一十五里。⑪ 黄巾：东汉末年张角所率领的农民军，头着黄巾。这里代指盗贼。这两句写宦官仇士良派遣神策大将军陈君奕出镇凤翔，沿途祸害百姓。⑫ 军牒：调动军队的公文。⑬ 供亿：供给安顿。⑭ 扳（pān）：通“攀”。⑮ 孩：小儿笑。⑯ 无惨颜：没有露出悲惨的样子。两句意极深刻，写出乱离时人们因受苦过多而麻木的精神状态。⑰ 所适：所往。⑱ 这一节叙述“甘露之变”以来凤翔的情况，揭露宦官势

力对人民的残害。

尔来又三岁①，甘泽不及春②。盗贼亭午起③，问谁多穷民。节使杀亭吏④，捕之恐无因⑤。咫尺不相见，旱久多黄尘。官健腰佩弓⑥，自言为官巡。常恐值荒迥⑦，此辈还射人⑧。愧客问本末⑨，愿客无因循⑩。郿坞抵陈仓⑪，此地忌黄昏。

【注释】

① 尔来：指"甘露之变"以来。② 甘泽：甘霖，好雨。这两句转写当前天灾春旱。③ 亭午：正午。④ 节使：节度使。亭吏：指负责治安的地方小吏。杀亭吏：是说亭吏捕盗不力而被杀。⑤ 无因：是说民穷作贼，非捕捉所能解决。⑥ 官健：州郡召募的地方兵。⑦ 荒迥（jiǒng）：荒僻之地。⑧ 此辈：指官健。以上四句写官健名为捕盗，实则害民。⑨ 愧：为回答不够详尽而表示抱歉。本末：事情的本原和结果。此指唐王朝治乱之由。⑩ 因循：照旧不改。这里引申有耽搁意。⑪ 郿坞：故址在今陕西眉县东渭水北岸。陈仓：在今陕西宝鸡南。这一节叙述近年天灾人祸、穷民被迫为盗的情况。

我听此言罢，冤愤如相焚①。昔闻举一会②，群盗为之奔。又闻理与乱③，系人不系天④。我愿为此事⑤，君前剖心肝⑥。叩头出鲜血，滂沱污紫宸⑦。九

重黯已隔[8]，涕泗空沾唇。使典作尚书[9]，厮养为将军[10]。慎勿道此言[11]，此言未忍闻！

【注释】

① 冤愤：怨恨愤激。② 举：推荐。会（kuài）：指春秋时晋大夫士会。晋景公任命士会率领中军，兼太傅，于是晋国的盗贼都出逃到秦国。③ 理：治。④ 系：关系。这两句谓国家治乱，取决于人事而不在于天命。⑤ 此事：指本诗所述唐王朝治乱之事，亦指挽救国家危亡之事。⑥ 剖心肝：剖心沥肝。把所要说的话都倾吐出来。⑦ 滂沱：倾泻横溢之状。紫宸（chén）：殿名。皇帝听政的便殿。⑧ 九重：皇帝所居的深宫。这句说皇帝被奸邪壅隔，下情不能上达，朝廷黑暗昏庸。⑨ 使典：在官府中掌管文书的下级僚吏。尚书：唐尚书省总管全国行政，下设六部尚书，这里指朝廷高级政务官员。⑩ 厮养：仆役。此指宦官。这两句批评朝廷用人非贤，官职冗滥。⑪ 此言：即诗中村民之言。

【翻译】

在丁巳年冬十二月，
我从梁州返回西秦。
自南走出大散关口，
向北渡过渭水之滨。
草木多半在舒展萌发，
不像冰封雪覆的冬晨；
却似在盛夏酷热时节，

被晒得卷缩毫无水分。
高地长满槲树栎树，
低田到处丛生荆榛。
农具抛弃在路上，
耕牛饿死在空墩。
我惆怅地经过村落，
十家中无一家幸存。
活着的人都背面哭泣，
没有衣服可穿来迎宾。
开始时像怕人问些什么，
我入门后才把情况尽陈。

右辅地区的田地薄瘠，
那里百姓常苦于困贫。
从前这地方曾号称乐土，
靠的是长官们施行仁政。
长官清廉像冰莹玉洁，
小吏和善如自家至亲。
生了儿子不用远征，
生了女儿嫁给近邻。
家酿的浊酒盛满瓦缶，
陈年的米谷堆满仓囷。
壮健的男子养着外妇，
衰迈的老翁抚爱小孙。
况且自从贞观之后，
任命官长多是文臣。
照例把州郡好长官，

调任宰相治国安民。

接着到了开元年间，
奸邪扰乱国家政权。
晋公忌害贤臣执政，
尽量录用边功将官。
因此叫那些凶横的家伙，
来胡乱治理太平的人民。
中原从此便多灾多难，
任命官吏都不由主君。
或者出自得宠的近侍，
或者凭借帝戚的殊恩。
中原百姓苦于被屠戮，
奴才走狗却吃腻肥豚。

皇太子被诬陷赐死，
贵妃却收养那胡人。
丰厚的赏赐竭尽国中财力，
强大的兵力控制北方边关。
拉弓的士卒多达二十万，
长臂善射个个矫健如猿。
他驻地离京城三千里路，
来往其间迅捷如同鹰鸢。
每五里便换一匹骏马，
每十里就设一次盛筵。
他手指目顾都足以动摇白日，
他面色冷暖也足以回转乾坤。

朝中大臣遭侮辱嘲骂，
被弃置一旁如同粪丸。
盛大的朝会集合各地长官，
天子正接见臣属亲自临轩。
彩旗在朝阳照耀下拂动，
御座正对着缭绕的祥烟。
已为他特设了金鸡屏障，
又把坐榻前的珠帘高掀。
他却抚须傲然不顾，
竟然坐在御榻前面。
触犯他的人立即死于脚下，
巴结他的人被提拔到顶颠。
权贵们互相夸耀豪侈，
豪强们又在倾轧并吞。
因而丧失惠养人民之恩，
敲榨勒索越来越见频繁。

奚族的叛军从东北侵入，
行动迅猛有如地覆天翻。
这时朝中正把战争忘却，
重兵大多驻守西北边关。
黄河沿岸的一座座城镇，
清晨都插上了叛军的旗旛。
只听说敌骑长驱直入，
看不见官兵防守城垣。
大妇抱着孩子哭泣，
小妇攀着车箱逃难。

百姓从小生长在太平年月，
甚至不知夜晚要把门闭关。
少壮的男子全被征发，
老病的人们呆守空村。
生离却作死别一样盟誓，
洒下的泪水连结秋云。
朝臣都像獐子般胆怯，
众将也像瘦羊般逃奔。
降臣为贼人扫除上阳宫殿，
还乱抓壮丁助贼防守潼关。
人们遥望南斗想念皇帝，
不知何日才能平叛凯旋？
都知道距开天辟地之时已久，
又该遇上这巨大的灾难和变乱。
叛逆的藩镇想篡夺政权，
未叛的也要挟索取高官。
乱哄哄地互相侦伺倾轧，
怎能分辨猫头鹰和凤鸾？
千匹战马无一归来，
万辆战车无一回还。
空城中鼠雀都难免一死。
人去后只剩豺狼在嚎喧。

东南吴越的资财已经枯竭，
西边又丢失了富庶的河源。
因而使皇家纳贡的藏库，
财物耗尽只剩几堵空垣。

这好比人应当躯体完整，
如今却有左边没有右边；
筋体一半已萎缩麻痹，
肘部腋下都狐臭臊膻。
历代皇帝蒙受这耻辱，
藏在心里却难以言宣。
谋划国事的大臣拱手立，
彼此告诫没有人敢倡先。
举国上下百业凋敝，
朝廷内库缺少金钱。
士兵站在霜雪之中，
腹里饥饿衣裳薄单。
军饷多是过时才发，
物价飞涨铜钱掺铅。
华山以东至黄河北，
炊烟还算不断相连。
朝廷无暇顾及供给戍边士兵，
百姓终年辛苦口粮却不够半年。
行商被征货物税，
屋主要交间架钱。
藩镇们就从中作梗捣乱，
乱糟糟动干戈兵结祸连。
朝廷把符节制书送上门去，
破格赐给他们最高的官衔。
被消灭的军阀已经灭族，
未讨平的藩镇观望拖延。
对朝廷的礼数早已失去君臣大义，

对藩镇的笼络恰似汉朝对待羌零。
简直是在求他们拿出一点赤诚，
希望的只是君臣体统大局保全。
巍峨壮丽的政事堂啊，
宰相议事后吃饱八珍。
我斗胆地问问阁下：
现在是谁执掌相权？
国家创伤溃烂几十年，
没人敢去挖它的祸根。
国土越是缩小赋税越是加重，
人口越是稀少徭役就越苛繁。

近年那医牛的小子郑注，
与君侧小人勾结相攀缘。
糊涂瞎子掌持军中大旗，
就在此地做了京城西藩。
他以祸患为乐忘记宿怨仇敌，
他树植的党羽更是轻躁狂狷。
生时虽被人畏惧，
死后却无人可怜。
快刀砍下了他的头颅，
像猪羊般在市上高悬。
自凤翔至长安三百里间，
禁军兵马像盗贼般凶残。
夜半下达了调兵军令，
在此地驻军一万五千。
乡里对巨大军需心惊肉跳，

家家扶老携幼四处流迁。
初生的小孙儿还未会笑，
扔掉时家人也不露悲颜。
更不计较逃往何处，
只求能够死在山间。

在这以后又过了三年，
甘雨没降临这个春天。
强盗大白天就出来逞凶，
问他们是谁却多是穷人。
节度使用严刑滥杀乡吏，
要捉贼恐怕也说不出原因。
咫尺之间对面不能相见，
由于久旱天地弥漫黄尘。
官兵腰间佩着弓箭，
自称是替公家出巡。
常怕在荒僻地方相遇，
这些家伙会伤害行人。
抱歉未能详告您所问的本末，
请您及早起行别再耽搁时辰。
从郿坞到陈仓一带，
这儿赶路最忌黄昏。

我听罢村民的诉说，
心中怨愤有如火焚。
闻说古时晋国任用了士会，
盗贼们一听就向别处逃奔。

又闻说国家的一治一乱，
取决于人事而无关苍天。
我愿意为这些事情，
在国君前剖心沥肝。
哪怕叩头一任鲜血染面，
也染遍国君听政的紫宸。
九重的禁门昏暗隔绝，
只得徒然地悲泪沾唇。
小吏一下子变作尚书，
奴仆也居然成了将军。
千万不要再说这些话，
这些话使我不忍听闻。

安定城楼

开成二年(837)春,李商隐登进士第。是年冬,他长期依托的幕主令狐楚去世。次年,泾原节度使王茂元辟他为幕僚,爱重他的才华,并把女儿嫁给他。随后,李商隐赴长安应博学宏词科考试,受到排斥而落选,只得返回泾原幕中。本诗是这年春登泾州安定城楼凭眺之作。诗中感慨不遇,忧愤国事,愤激不平,表现了诗人的志气和襟怀。五、六句写平生抱负,笔力遒劲,境界阔大,意味深长,是后人传诵的名句。安定,即泾州,在今甘肃泾川北,唐泾原节度使的治所。

迢递高城百尺楼①,绿杨枝外尽汀洲②。
贾生年少虚垂涕③,王粲春来更远游④。
永忆江湖归白发,欲回天地入扁舟⑤。
不知腐鼠成滋味,猜意鹓雏竟未休⑥。

【注释】

① 迢递：高远。② 汀（tīng）洲：水边的平地，沙洲。③ 贾生：指贾谊。西汉政治家。他年轻时曾上《陈政事疏》，痛切地指出当时形势有“可为痛哭者一，可为流涕者二，可为长太息者六”（《汉书·贾谊传》），但未得到文帝重视。虚：徒然。垂涕：流泪。本句以贾生自比。时作者二十六岁。④ 王粲：东汉末年作家。曾流寓荆州依靠刘表，登当阳城楼作《登楼赋》抒写失意流落的悲慨。本句又以王粲自比，写落第后依人作客的苦闷心情。⑤“永忆”二句：永忆：长想。江湖：与朝廷相对，指归隐之地。扁：（piān）舟：小船。入扁舟，暗用春秋时越国大夫范蠡事。范蠡辅佐越王勾践成就霸业后，乘扁舟泛于太湖之上。上句写自己恬淡的心情和志趣，下句写宏伟的抱负和决心。⑥“不知”二句：鹓（yuān）雏：凤凰一类的神鸟。作者自比。《庄子·秋水》载，战国时惠施任梁国相，庄周前去看他。有人对惠施说，庄周想谋夺你的相位。惠施很恐慌，在都城搜索了三天。庄周去见惠施时，说了个寓言讽刺他：南方有一种叫鹓雏的鸟，从南海飞往北海，非梧桐不歇，非竹实不食，非甘泉不饮。有只猫头鹰弄到只腐臭的死鼠，看到鹓雏飞过，怀疑它来抢食，就仰头发出“嚇”、“嚇”的怒叫声。现在惠施你也想用梁国这只腐鼠来“嚇”我吗？这里用来讽刺那些对自己猜忌排挤的朋党势力，表明自己有高尚的志向，是不屑计较个人的功名利禄的。

【翻译】

高大绵长的城墙上，

　　有百尺的城楼。
在那绿杨林子外面，
　　是水中的沙洲。
年少有为的贾谊徒然流泪，
春日登楼的王粲再度远游。
常向往老年自在地归隐江湖，
要想在扭转乾坤后逍遥扁舟。
不知道腐臭的死鼠成了美味，
竟对鹓雏的爱好也猜忌不休！

回中牡丹为雨所败二首（选一）

唐文宗开成三年(838)，李商隐在泾原节度使王茂元幕中，写了本题二首。美丽的牡丹被夜来风雨所摧残，在惜花之情中寄寓了诗人失意之慨。“回中牡丹”，正是作者的自我写照。第二首前四句正面写牡丹为雨所败，喻自己在政治上屡遭挫折；五、六句写浓阴万里，生意凋零，喻社会环境的恶劣，前途黯淡；结处推进一层，预想到将来的日子更为严酷，反觉得今天还不算太坏了。诗歌借物寓意，既注意对物的细致刻画，更重视比兴托讽，全诗便显得用意深厚。回中，在泾州附近。

浪笑榴花不及春①，先期零落更愁人。
玉盘迸泪伤心数②，锦瑟惊弦破梦频③。
万里重阴非旧圃④，一年生意属流尘⑤。
前溪舞罢君回顾⑥，并觉今朝粉态新⑦。

【注释】

① 浪笑：漫笑。不及春：榴花初夏始放。据《旧唐书·文苑传》载，李渊即帝位后，孔绍安因侍宴，应诏咏石榴诗曰："只为时来晚，开花不及春。"李商隐翻用孔诗意，是说"先期零落"的牡丹比"不及春"的榴花更为可悲。② 玉盘：喻白牡丹花。迸泪：溅泪。泪，指雨点。数(shuò)：屡次。③ 锦瑟惊弦：喻雨打牡丹之声。④ 重阴：浓阴，乌云密布。旧圃：指旧时曲江的花圃。曲江为长安胜地，环境优美。这句是说曲江花圃的牡丹，受到精心培育，境遇不是被风雨摧折的回中牡丹所可比拟。⑤ 生意：生机。属流尘：付给尘土。指花为风雨打落。⑥ 前溪：前溪村在浙江武康，南朝时为教授音乐舞蹈的地方。于兢《大唐传》载："江南声伎多自此出，所谓'舞出前溪'者也。"六朝乐府又有《前溪歌》，中有"花落随水去，何见逐流还"之句。⑦ 并：且。粉态：指牡丹洁白的姿容。

【翻译】

休笑榴花开迟赶不上芳春，
牡丹过早地零落更是愁人。
它那花冠像洁白的玉盘，
　泪珠飞溅，伤心屡屡；
无情风雨像急奏的锦瑟，
　繁弦促柱，破梦频频。
万里阴云密布，
　已不是旧时花圃；
一年美好生机，

早付与污泥流尘。
在前溪舞歇歌残后
您若再回头看看，
定觉得今朝风雨里
牡丹的粉态犹新。

无题二首(选一)

落寞的诗人,在美丽的春夜,参加了一次令人沉醉的宴会,遇到了一位属意的姑娘。目言眉语两心相许。但好事难成,聚散匆匆,所留下的只是迷惘的追思。本诗情思宛转,色彩明丽。首联写时间地点。颔联写出两人身份不同,无法亲近,而又彼此欣悦,心心相印,揭示了恋爱中双方悲喜交集的心理。后二联把酒暖灯红的盛会与走马应官的生涯两相映衬,表现了诗人强烈的艳羡与失意的复杂心情。

昨夜星辰昨夜风,画楼西畔桂堂东①。
身无彩凤双飞翼,心有灵犀一点通②。
隔座送钩春酒暖③,分曹射覆蜡灯红④。
嗟余听鼓应官去⑤,走马兰台类转蓬⑥。

【注释】

① 画楼:装饰华丽的楼阁。桂堂:用桂木构筑的厅

堂。② 灵犀:犀角,也叫通天犀。角中心有白色角髓贯通两头。③ 送钩:即藏钩,古代游戏。两队各数人,把酒钩藏于其中一人手里,令对方猜,不中,则罚酒。④ 分曹:分队。射覆:古代游戏。以巾盂等预将物件覆盖,令人猜度。⑤ 听鼓:听见更鼓,表示天亮。应官:上班当差。⑥ 兰台:汉代保存秘书图籍的宫观,此指秘书省。当时李商隐在京任秘书省正字之职。

【翻译】

依然是昨夜的星辰昨夜的风,
那时在画楼的西畔桂堂之东。
尽管我没有彩凤那飞翔的双翼,
但我跟她像灵犀一样内心相通。
隔着座位藏钩,杯中春酒犹暖;
分成两队射覆,筵前蜡灯正红。
可叹更鼓声声催我到官府应卯,
我走马到兰台觉得像飘转断蓬。

任弘农尉献州刺史乞假归京

开成四年(839),李商隐从秘书省校书郎调任虢州弘农(今河南灵宝)县尉。他在任上减免受冤囚徒的刑罚,触怒了陕虢观察使孙简,便愤而辞职。这首诗就是当时写给州刺史“乞假”的。诗中表现了诗人的正义感和峻嶒风骨。

黄昏封印点刑徒①,愧负荆山入座隅②。
却羡卞和双刖足③,一生无复没阶趋④。

【注释】

① 封印:封存官印。封印和清点囚犯是县尉每日散衙时的例行公事。② 荆山:即覆釜山,在今河南灵宝境内。座隅:座位旁边。这句以雄伟的荆山作对照,反衬出自己卑微屈辱的地位。③ 卞和双刖(yuè)足:《韩非子·和氏》载,春秋时楚国人卞和在荆山(在今湖北南漳)获得一块玉璞,先后献给楚厉王和楚武王,都被认为是石头,卞

和因此被砍掉双足。后来楚文王即位，卞和抱璞在荆山下哭了三天三夜，哭到双眼流血。文王知道了，命玉工开剖此璞，果得宝玉，称为“和氏之璧”。刖足：断足。卞和得璞的荆山与作者所在的荆山同名，故有这样的联想。④ 没(mò)阶趋：形容拜迎长官时奔走台阶前的卑屈情状。没阶，尽阶，走完台阶。趋，小步急行，以示恭敬。

【翻译】

黄昏时散衙封印
　　清点在押的囚徒，
惭愧啊，有负你了，
　　荆山，又映进座隅。
这时倒羡慕卞和，
　　他被砍掉了双足，
好免得一生一世
　　在阶前屈辱奔趋！

曲　　江

这首诗跟《重有感》都是为“甘露之变”而发，但本诗却写得含蓄隐晦，哀感缠绵，内容更为深刻，感情也更为沉痛。曲江，在长安市郊杜陵西北五里，为游览胜地。曲江的兴废，是唐王朝盛衰的缩影。安史乱后，曲江沦为狐兔烟草之区。唐文宗企图恢复开元时的“升平故事”，大和九年十月，修缮曲江，构筑亭楼，不料十一月即发生甘露事变，京师流血涂地，只得罢修。本诗概述曲江前后之事，抒发作者对国事日非的忧伤。诗中运用子夜鬼歌、华亭鹤唳等典故，曲折地反映甘露之变时士大夫被宦官惨杀的政治现实，表露了诗人内心极度的怆痛之情。末二句点出全诗主旨，以“伤春”表达对唐王朝的前途和命运的担忧，寄托深远，感慨无限，可见李商隐的卓识深心。

望断平时翠辇过①，空闻子夜鬼悲歌②。
金舆不返倾城色③，玉殿犹分下苑波④。
死忆华亭闻唳鹤⑤，老忧王室泣铜驼⑥。
天荒地变心虽折⑦，若比伤春意未多⑧。

【注释】

① 望断：极目望到看不见为止。平时：太平时代。翠辇（niǎn）：皇室的车驾。车盖上饰有翠羽。过，读平声。② 子夜：半夜。又，古乐府有《子夜歌》。《晋书乐志》载，孝武太元中，琅玡王轲之家有鬼歌《子夜》。本诗合用两意。这两句写曲江荒废后的景象，为全诗总起。③ 金舆（yú）：以黄金为饰的车子，指皇帝御用车驾。倾城色：容色绝美的女子，指嫔妃们。④ 玉殿：指皇宫。下苑：指曲江南岸皇家池苑，与宫中的御沟相通，故云“分波”。⑤ 华亭闻唳鹤：西晋陆机离开故乡江南到洛阳做官，后参与晋王室内战，为成都王司马颖率兵与长沙王司马乂打仗，机军大败。宦官孟玖向司马颖进谗言，陆机遂被收杀，临死前悲叹说：“华亭鹤唳，岂可复闻乎！”事见《晋书·陆机传》。华亭，陆机故宅附近的山谷名，在今上海松江。唳，鹤鸣声。这句借陆机之典以影射甘露之变中宦官诛杀朝臣。⑥ 泣铜驼：西晋灭亡前，索靖预感到天下将乱，指洛阳宫门铜驼叹曰：“会见汝在荆棘中耳！”觉得繁华的宫殿将化作丘墟。事见《晋书·索靖传》。这句借索靖铜驼之悲，以表示对唐王室命运的忧虑。⑦ 天荒地变：影响巨大而深远的事变，指国家的沦亡。折：摧折。⑧ 伤春：为春天的逝去而悲伤。

【翻译】

极望不见太平时的翠辇经过，
空自听到半夜里冤鬼的悲歌。
不再有御驾载来倾城的美女，
玉殿御沟依旧分来下苑清波。
那被杀的陆机
　忆起在华亭听到鹤唳，
像临老的索靖
　为担忧王室泪洒铜驼。
天翻地覆的巨变
　虽已使人心摧魂折，
比起伤春的悲恨
　这般感慨还未算多！

井泥四十韵

这是李商隐晚年的作品。约写于大中十二年(858)春作者自柳仲郢幕罢职回家，途经洛阳之时。诗中以井泥起兴，用生动的笔触描述了井泥地位的升沉变化，联想起变幻莫测的世事，有感于古今以来世间许多圣贤豪杰的遭际命运，对自己的一生坎坷失意表示困惑和苦恼，哲理深蕴，怨愤深沉。全诗可分三部分。第一部分写井泥从井底升到地面的变化过程，并以井泥今日得意的处境，与昔日的沉埋相对照，引起对事物变化之理的议论。第二部分列举历代帝王将相及其他人事变化为例，说明人世间祸福变幻无常。第三部分抒发作者无法了解宇宙变化发展的道理时的苦闷心情，并对时势的现在和未来表现了深刻的忧虑和怨愤。井泥：《易·井》：“初六，井泥不食。”“九三，井渫不食，为我心恻。”意思是说，井泥位卑污秽，泥水也不会有人饮用。当井被淘清后，仍没有人汲引饮用，那就使人感到惋惜了。后人因以井泥喻沉屈下位的贤才。又，古乐府《箜篌谣》："岂甘井中泥，时至出作尘。"李商隐此诗制题，当取其意。

皇都依仁里①，西北有高斋②。昨日主人氏，治井堂西陲③。工人三五辈，辇出土与泥④。到水不数尺，积共庭树齐。他日井甃毕⑤，用土益作堤⑥。曲随林掩映，缭以池周回。下去冥寞穴⑦，上承雨露滋⑧。寄辞别地脉⑨，因言谢泉扉⑩。升腾不自意，畴昔忽已乖⑪。伊余掉行鞅⑫，行行来自西。一日下马到，此时芳草萋⑬。四面多好树，旦暮云霞姿。晚落花满地，幽鸟鸣何枝？萝幄既已荐⑭，山樽亦可开⑮。待得孤月上，如与佳人来⑯。因之感物理⑰，恻怆平生怀。

【注释】

① 皇都：指东都洛阳。依仁里：洛阳街巷名。② 斋：屋舍。③ 治井：修治水井。陲(chuí)：边。④ 辇：人力运载。⑤ 甃(zhòu)：井壁。这里作动词用，用砖砌井壁。⑥ 益：增加，堆积。⑦ 去：离开。冥寞穴：黑暗幽深的洞穴。指深井。⑧ 滋：滋润。⑨ 寄辞：托话，寄语。地脉：地下的水脉。⑩ 因言：等于说"顺便说说"。谢：辞别。泉扉：指地下泉源。⑪ 畴昔：往昔。乖：差异，相背。⑫ 伊：发语词。掉行鞅：控制马缰，掉转行进方向。鞅，套在马颈上用以负轭的皮带。⑬ 萋：草茂盛。⑭ 萝幄：藤萝交错，有如帏帐。荐：草席。用作动词，以青草为座席。⑮ 樽：酒杯。用作动词，举杯饮酒。开：开怀。⑯ 佳人：美人，喻意中人。⑰ 因：由。之：指井泥升腾之事。物理：事物变化的

道理。

茫茫此群品①，不定轮与蹄。尧得舜可禅②，不以瞽瞍疑③。禹竟代舜立④，其父吁咈哉⑤。嬴氏并六合⑥，所来因不韦⑦。汉祖把左契⑧，自言一布衣⑨。当涂佩国玺⑩，本乃黄门携⑪。长戟乱中原，何妨起戎氏⑫？不独帝王尔⑬，臣下亦如斯⑭。伊尹佐兴王⑮，不藉汉父资⑯。磻溪老钓叟⑰，坐为周之师⑱。屠狗与贩缯⑲，突起定倾危⑳。长沙启封土㉑，岂是出程姬㉒？帝问主人翁㉓，有自卖珠儿。武昌昔男子，老苦为人妻㉔。蜀王有遗魄㉕，今在林中啼。淮南鸡舐药㉖，翻向云中飞。

【注释】

① 群品：指万物。品，品类。② “尧得”句：尧、舜，传说中的古代君主。尧对舜长期考察后，把帝位让给舜。禅(shàn)：以帝位传让给人。尧：一作“喜”。③ 瞽瞍(gǔ sǒu)：瞎眼。传说舜的父亲愚蠢无知，被称为瞽瞍。④ “禹竟”句：禹是鲧的儿子，治水有功，后来代替舜作天子。⑤ 其父：指鲧。鲧受命治水不成，遭到惩罚。吁咈哉：《尚书·尧典》载，有人推荐鲧担任治水工作，尧不以为然地说：“吁！咈哉！”吁，叹气声。咈，乖戾。意思说鲧性情乖戾，难以成事。⑥ 嬴氏：指秦始皇嬴政。并六合：统一天下。六合，指上下左右前后。⑦ 不韦：吕不韦。《史记·吕不韦传》载，商人吕不韦把自己已有身孕的侍妾送给秦子楚，

生下了嬴政。⑧ 汉祖：汉高祖刘邦。把左契：持左券。古时契约分左右两联，双方各持其一，左券为索债的凭证。持左契，意思是有把握。⑨ 布衣：平民。《史记·高祖本纪》载刘邦语："吾以布衣，持三尺剑取天下。"⑩ 当涂：指曹魏。东汉末年流行谶纬（预决吉凶的隐语），有"当涂高"代汉而兴之语。有人解释说：当涂（途）而高耸的东西就是"魏"。魏，即魏阙，宫门外高大的楼观。后来曹丕篡汉，建立魏朝。国玺（xǐ）：皇帝传国的玉印，皇权的象征。⑪ 黄门：指宦官。携：扶养。曹操的父亲曹嵩是汉桓帝时宦官曹腾的养子。⑫ 戎氐（dī）：古代少数民族名。这里概指匈奴、鲜卑、羯、氐、羌等"五胡"。在西晋覆亡后，曾先后在中原建立政权。以上十二句举古代帝王为例，说明人事的变化无常。⑬ 不独：不但。尔：这样。⑭ 如斯：如此。⑮ 伊尹：商初政治家。曾佐商汤灭夏立国，又辅助汤之子太甲。王：指王业。⑯ 藉：凭借，依靠。汉父：意思是卑贱的父亲。汉：古称贱男子为汉子。据《列子》载，伊尹是个私生子。其母托称他生在桑树空穴中，没有父亲。⑰ 磻（pán）溪：在今陕西宝鸡东南渭河边。老钓叟：老渔翁，此指姜太公吕望。传说他在磻溪边钓鱼，八十岁才遇到周文王，成为王师，佐周灭商。⑱ 坐：因此。⑲ 屠狗：指樊哙，原来是个杀狗的屠夫，后成为汉初开国大将。贩缯（zēng）：指灌婴。原以贩卖丝织品为业，也是汉初武将。⑳ 定倾危：平定危乱，指辅佐刘邦建立王业。㉑ 启封土：开疆列土，封侯立国。㉒ 程姬：汉景帝的妃子。《汉书·长沙定王传》载，长沙定王刘发的母亲唐姬，原是程姬的侍女。一次程姬被召幸，碰巧身体不适，以唐姬充代。结果唐姬受孕，生了刘发。㉓ "帝问"句：据《汉书·东方朔传》载，西汉董偃，其母以卖珠为业，因得以出入汉武帝姑母馆陶公主家，得到公主宠幸。武帝到公主家，要见董偃，对公主说："愿谒主人翁。"不呼其名，以示优礼。㉔"武昌"二句：据《汉书·五行志》载，汉哀帝时豫章（今江西南昌）有男子变成妇女，嫁为人妻。这里说武昌，疑作者误记。㉕ 蜀王：指古代蜀国君王杜宇。传说他国亡身死，魂魄化为杜鹃鸟悲啼不已。㉖ 淮南：指西汉淮南王刘安。相传他好道术，修炼成仙，临去时馀药器置于庭中，鸡犬啄舐之，尽得升天。以上十八句列举其他人事变化为例，说明"物理"的难测。

大钧运群有①，难以一理推。顾于冥冥内②，为问秉者谁③？战恐更万世④，此事愈云为⑤。猛虎与双翅⑥，更以角副之⑦。凤凰不五色⑧，联翼上鸡栖⑨。我欲秉钧者，朅来与我偕⑩？浮云不相顾，寥泬谁为梯⑪？怊怏夜参半⑫，但歌井中泥。

【注释】

① 大钧：指天或自然。钧，本为造陶器所用的转轮，这里喻造化。群有：万物。② 冥冥：幽渺深远的天空。③ 秉者：执掌者。指掌握造化的人。即下文的"秉钧者"。④ 更（gēng）：经历。⑤ 云为：作为，言论和行事。愈云为，有越演越烈、变本加厉之意。⑥ 与：给予。⑦ 副：辅助。⑧ 凤凰：传说中的神鸟，身上五色俱备，象征着德、仁、忠、义诸善俱全。⑨ 鸡栖：鸡窝。以上四句写小人得势，君子失位。⑩ 朅（qiè）来：何不来。这两句希望掌握造化者能

与己同游，好向他质疑。⑪ 寥泬（xué）：空虚寂寞之貌。梯：建梯。这里作动词用。⑫ 悒怏：烦闷忧郁。参半：一半。

【翻译】

在东都洛阳的依仁里，
西北有座高大的住斋。
昨天斋中的主人某氏，
挖掘水井在房舍西陲。
三五名挖井的工人，
运载出井底的污泥。
泥土距水不过几尺，
堆起却跟庭树相齐。
几天之后砌好井壁，
把那泥土增筑井堤。
随着林树屈曲掩映，
围着池塘缭绕周回。
离开地下幽深的井穴，
承受天上雨露的润滋。
寄语告辞地中水脉，
顺便也向泉源道别：
"升腾到地上始料不及，
旧时的情势转眼皆非。"
我掉转马头向前行，
行啊行啊来自天西。
走了一天下马到此，

此时正是芳草萋萋。
四面都有美好的树木，
早晚的云霞变幻多姿。
傍晚时春花落满一地，
鸣啭的幽鸟歇在哪枝？
藤萝帐帷铺好了草席，
对山举杯也可以开怀。
等到孤独的明月升起，
恰似携同着佳人到来。
由此感悟了物理变化，
思量平生而凄怆满怀。

茫茫世上这万物品类，
运转不停像车轮马蹄。
尧得舜后高兴地禅让，
不因瞽瞍顽劣而猜疑。
禹竟然代舜登上帝位，
他的父亲啊令人叹息。
秦始皇嬴政统一天下，
生身却来自那吕不韦！
汉高祖起兵稳操胜券，
他自称出身一介布衣。
曹魏代汉佩传国玉玺，
先辈却是宦官的养子。
以武力扰乱中原的人，
也无妨起自异族戎氐。
不光是帝王这样，

连臣子也是如此。
伊尹辅商汤建兴王业，
并没有依仗贱汉老子。
姜子牙是磻溪的老钓翁，
无端端却成了周王之师。
屠狗的樊哙卖布的灌婴，
自平民崛起平定了乱危。
在长沙开疆列土的定王，
难道是出自高贵的程姬？
武帝询问到的“主人翁”，
原只是个卖珠人之子。
古时武昌男子变成女身，
嫁人为妻穷苦直到老死，
蜀王的遗魄化为小鸟，
至今还在树林中悲啼。
淮南王的鸡犬吃了仙药，
也全都向九霄云上高飞。

宇宙造化中万物运转，
很难用同一道理类推。
回视幽渺深远的天空，
想问主宰者究竟是谁？
我恐怕经历万世之后，
这些事态更变化难知：
凶猛的老虎长出翅膀，
还添上双角助长神威。
凤凰失去五彩的毛羽，

联翩被赶到鸡窝寄栖。
我向主宰造化者请求：
何不来与我同游释疑？
来去的浮云漠不相顾，
寥廓的天空谁建天梯？
我忧愁郁闷夜已将半，
唯有歌咏这井中之泥。

七月二十九日崇让宅宴作

唐武宗会昌元年(841),诗人辞去弘农尉后,暂居于华州周墀幕下,失意无聊,返回洛阳,寄寓在岳父河阳节度使王茂元家中。崇让宅是王茂元在洛阳崇让里的住宅。一个新秋的晚上,王宅设宴,诗人酒入愁肠,触景皆悲。风露秋声,恰称自己濩落无依的心情;浮生聚散,仿佛个人遇合无成的境况。诗人感到无法自解的凄凉和寂寞。

露如微霰下前池①,风过回塘万竹悲②。
浮世本来多聚散③,红蕖何事亦离披④?
悠扬归梦惟灯见⑤,濩落生涯独酒知⑥。
岂到白头长只尔⑦?嵩阳松雪有心期⑧。

【注释】

① 霰(xiàn):雪珠子。② 回塘:曲水池。③ 浮世:即

“浮生”，形容世事无定，人生如浮云。④ 红蕖：红荷。离披：散落。⑤ 悠扬：飘忽无定，长远。归梦：还家的梦。指忆妻之情。这时作者妻王氏尚留在长安。⑥ 濩(huò)落：空廓。这里有虚度年华、一事无成之意。⑦ 只尔：只是这样。⑧ 嵩阳：嵩山之南。嵩山在河南登封，距洛阳才百里。松雪：象征隐士的气节和品格。心期：心交神往，两相期许。末两句表示诗人高尚之志和晚年归隐的心愿。

【翻译】

秋露像细微的雪粒洒下前池，
西风吹过回塘，万竹萧飒生悲。
飘忽无定的人生啊，
　本来就多悲欢聚散；
但那池上的红荷，
　为什么也零落纷披？
我杳远难凭的归梦
　只有孤灯才能见证；
我空虚落寞的生涯
　唯有清酒方可得知。
难道到白头之年还是如此？
我与嵩南的松雪早有心期。

哭 刘 蕡

刘蕡(fén),字去华。昌平(今属北京)人。大和二年(828)应贤良方正直言极谏科考试,在对策中猛烈抨击宦官专政,提出不少建设性措施,因而遭到宦官的忌恨而被黜退。刘蕡被令狐楚、牛僧孺等推荐,授秘书郎,又遭宦官诬陷,贬柳州司户参军,终在会昌年间郁郁而卒。李商隐是刘蕡的挚友,为此而写了《哭刘蕡》、《哭刘司户二首》、《哭刘司户蕡》等四首悼诗怀念他。作者在这首诗中痛斥最高统治者的昏庸与残忍,歌颂刘蕡的高风亮节,并表示由衷的敬仰,对刘蕡被迫害而含冤致死深抱不平。首联写上帝深闭九门,不问衔冤,把矛头直指至高无上的皇帝。“黄陵”二句,先写生离,再写死别,逐层加深,表现作者极度的悲痛。中以“春涛”、“秋雨”等景物寄寓当时不同的情怀,渲染气氛,摇人心魄。

上帝深宫闭九阍①，巫咸不下问衔冤②。
黄陵别后春涛隔③，湓浦书来秋雨翻④。
只有安仁能作诔⑤，何曾宋玉解招魂⑥？
平生风义兼师友⑦，不敢同君哭寝门⑧。

【注释】

① 九阍(hūn)：九重宫门。传说天帝所居之处有门九重。② 巫咸：传说中的古代神巫，名咸。《离骚》有“巫咸将夕降兮”之句。巫是神和人之间的媒介，为双方传递信息。③ 黄陵：山名，在今湖南湘阴。前一年春天，作者与刘蕡曾在此分别。可参看《哭刘司户蕡》诗末二句。④ 湓(pén)浦：浔阳，今江西九江。书：指刘蕡的讣音。⑤ 安仁：西晋诗人潘岳，字安仁。《晋书·潘岳传》称他“词藻绝丽，尤善为哀诔之文”。诔(lěi)：古时用以表彰死者德行并致哀悼的文辞，后来成为哀祭文体之一。⑥ 宋玉：战国时著名的辞赋家。《楚辞》中有《招魂》篇，王逸认为系宋玉“怜哀屈原忠而斥弃……魂魄散佚”而作。这两句是说，自己对刘蕡之死，只能作诗文以表哀悼，而不能招其魂魄归来使之复生。⑦ 风义：风度节义。⑧ 同君：与您一样，作为同辈。哭寝门：在寝门之外哭吊。寝，内室。据《礼记·檀弓》载，死者是师，则应于内寝哭吊，死者是友，则应哭于寝门之外。李商隐敬刘蕡如师，故说不敢以刘蕡的同列自居，而哭于寝门之外。

【翻译】

上帝安居在深宫中

　紧闭九重天门，
巫咸也没降临人世
　查问负屈冤魂。
自从去年在黄陵别后，
　渺渺春波把两人阻隔；
等到在湓浦传来噩耗，
　新秋苦雨正洒落飞翻。
只能像潘岳那样写诔文哀悼，
怎能同宋玉一样懂作赋招魂！
你平生风度节义是我良师益友，
我不敢自居同辈而哭吊在寝门。

哭刘司户蕡

这首诗首先点出路人对刘蕡被冤谪的议论，可见他为了王朝“中兴”的直言影响之深远。三、四句运用典故，对刘蕡不能尽展其才而含冤死去深为惋惜不平。五、六句写遥哭刘蕡时的悲痛情况，撼人肺腑。末两句回忆两人相会最后一面的时间、地点，以当时阴寒黯淡的气氛、依依惜别的情怀作衬，更增今日对故人沉痛悼念之情，这是传统诗歌中的所谓“逆挽”法。司户，唐代官名。刘蕡曾为柳州司户参军，为州的佐吏，主管民户。

路有论冤谪①，言皆在中兴②。
空闻迁贾谊③，不待相孙弘④。
江阔惟回首，天高但抚膺⑤。
去年相送地，春雪满黄陵。

【注释】

① 论(lún):议论。② 中兴:指王朝中衰而复兴。刘蕡在对策中提出多条建议,要文宗夺回宦官所掌的军政大权,以图王朝中兴。③ 迁:升迁。贾谊:汉文帝时的青年政治家,曾被任为大中大夫。④ 相:动词,拜相。孙弘:公孙弘,汉武帝时被征为博士,后又征为贤良文学,对策第一,累官至丞相。⑤ 抚膺:捶胸痛哭。这句意说天高难问,沉冤莫雪,只有痛哭而已。

【翻译】

行路的人都在议论着您的冤情,
您的言论全是为着国家的中兴。
空听说昔年贾谊曾被召回任用,
已等不到公孙弘那样拜相高升。
隔着辽阔的大江唯有频频回首,
仰视高远的苍天只能痛哭抚膺。
想起去年我和您依依惜别之地,
那时纷飞的春雪已洒遍了黄陵。

韩　碑

这是李商隐诗的名篇巨制。韩碑，指韩愈的《平淮西碑》。唐宪宗元和十二年(817)，宰相裴度任用大将李愬，率兵讨伐淮西藩镇吴元济叛军。李愬在隆冬雪夜潜师以袭，攻克蔡州，生擒吴元济。韩愈作了《平淮西碑》，歌颂这一场反对藩镇割据，维护国家统一的战争。韩碑中突出赞美宰相裴度决策统率的功绩，宣扬唐王朝削平藩镇割据的战略方针。但李愬对韩文不满，认为不实，控诉于唐宪宗，因而诏令废去韩文，命翰林学士段文昌重写碑文。李商隐此诗，极力推崇韩碑，认为韩愈强调裴度的首功是合理的，认为裴度作为一位宰相、统帅，国家安危，系于一身，在一场重大战事中，主帅能正确地作出战略决策，是战争取得胜利的重要关键。李商隐的咏史诗，多有感而发。会昌年间，宰相李德裕力主削弱藩镇，曾亲自部署作战方案，讨平擅自袭任泽潞节度使的刘稹，作者曾在《会昌一品集序》中极称李德裕平藩镇的“第一功”。李德裕遭谗去位，贬死海南，李商隐对此深为不平，在他的诗文中亦屡有反映，本诗亦借韩碑之事以寄托对当时政治局面的深慨。本诗纯用赋体，采用散文笔调，一气贯串，波澜起伏，句奇语重，声调奇崛，颇类韩愈诗歌的风格。

元和天子神武姿①，彼何人哉轩与羲②。誓将上雪列圣耻③，坐法宫中朝四夷④。淮西有贼五十载⑤，封狼生貙貙生罴⑥。不据山河据平地，长戈利矛日可麾⑦。帝得圣相相曰度⑧，贼斫不死神扶持⑨。腰悬相印作都统⑩，阴风惨澹天王旗⑪。愬武古通作牙爪⑫，仪曹外郎载笔随⑬。行军司马智且勇⑭，十四万众犹虎貔⑮。入蔡缚贼献太庙⑯，功无与让恩不訾⑰。

【注释】

① 元和：唐宪宗李纯的年号。神武：宪宗谥号“圣神章武”，此简括为“神武”。宪宗在位时，先后讨平剑南、镇海、淮西、淄青等地藩镇势力，时号称“中兴”。② 彼：他们。指句中的轩辕和伏羲。《孟子·滕文公》：“舜何人也，予何人也，有为者亦若是。”意谓有所作为的人要以舜为榜样。诗中活用此意，谓宪宗可与轩辕伏羲的功业相比美。轩，轩辕氏，即黄帝。伏，伏羲氏。轩与羲，这里代表三皇五帝。③ 列圣耻：指玄宗、肃宗、代宗、德宗、顺宗等历朝皇帝都受到藩镇的欺侮，蒙受耻辱。④ 法宫：指宫中路寝正殿，是皇帝治理政务之地。四夷：泛指四境的少数民族。⑤ 淮西：今河南东南部地区。唐代置彰义军节度使。代

宗宝应元年(762)任李忠臣为节度使,中经李希烈、陈仙奇、吴少诚、吴少阳、吴元济,共五十馀年,淮西藩镇的传授不通过朝廷。⑥ 封狼:大狼。貙(chū):兽名,似狸而形稍大。罴(pí):即人熊。这里以野兽继生喻凶残的藩镇自相承袭。⑦ 日可麾(huī):可以指挥太阳进退。《淮南子·览冥》载,鲁阳公与韩构交战,战酣日暮,鲁阳公以戈挥日,日为之倒退。这里形容吴元济气焰嚣张,自恃兵力强盛,胆敢对抗朝廷。以上八句写宪宗英明奋发,决心讨贼,并写藩镇长期抗命的情况。⑧ 度:指裴度。宪宗时任宰相,力主削平藩镇。⑨ 斫(zhuó):砍。扶持:保祐。元和十年六月,藩镇势力派遣刺客暗杀了主张对藩镇用兵的宰相武元衡。时任御史中丞的裴度头部背部受伤不死。⑩ 都统:唐代设诸道行营都统,为各道军马的统帅。裴度在武元衡被刺后任宰相,元和十二年七月自请往淮西督战。当时已有都统韩弘,裴度为淮西宣抚处理使,实际上行使统帅职权,故诗中谓"作都统"。⑪ 阴风惨澹:形容大军出征时森严肃穆的气氛。天王:指皇帝。⑫ 愬武古通:李愬、韩公武、李道古、李文通,都是征讨淮西时各路将领。牙爪:比喻武臣和辅佐的人。⑬ 仪曹外郎:礼部员外郎。此指李宗闵,以礼部员外郎兼侍御身份从裴度出征,掌书记,故谓"载笔随"。⑭ 行军司马:军府属官,参与军事计划。时韩愈以御史中丞充彰义军行军司马。⑮ 虎貔(pí):老虎和貔貅。比喻勇猛的战士。⑯ 蔡:蔡州(今河南汝南),吴元济的巢穴。太庙:皇帝的宗庙。元和十二年十月,前锋李愬雪夜以奇兵袭破蔡州,生擒吴元济,押送长安。宪宗亲自到兴安门受俘,以元济献于太庙,号令于市斩首。⑰ 无与让:无可推让。意谓无人可及。不訾(zī):不可计量。这句说裴度立了大功，受到极其优厚的恩赏。元和十三年二月，裴度以平淮西功，加金紫光禄大夫，弘文馆大学士，赐勋上柱国，封晋国公。以上十句，叙述宪宗命裴度为相，兼任统帅，率兵讨平吴元济，建立大功。

帝曰“汝度功第一，汝从事愈宜为辞①”。愈拜稽首蹈且舞②，金石刻画臣能为③。古者世称大手笔④，此事不系于职司⑤。当仁自古有不让⑥，言讫屡颔天子颐⑦。公退斋戒坐小阁⑧，濡染大笔何淋漓⑨。点窜尧典舜典字⑩，涂改清庙生民诗⑪。文成破体书在纸⑫，清晨再拜铺丹墀⑬。表曰“臣愈昧死上”⑭，咏神圣功书之碑⑮。碑高三丈字如手⑯，负以灵鳌蟠以螭⑰。句奇语重喻者少⑱，谗之天子言其私⑲。长绳百尺拽碑倒，粗砂大石相磨治⑳。公之斯文若元气㉑，先时已入人肝脾㉒。汤盘孔鼎有述作㉓，今无其器存其词㉔。

【注释】

① 从事：汉代三公及州郡长官下设从事中郎，参预谋划。这里指行军司马韩愈。② 稽（qǐ）首：叩头到地，是九拜中最恭敬之礼。蹈且舞：手舞足蹈。古代臣子朝见皇帝的一种仪节。③ 金石刻画：指在铜器、碑碣上刻写文字。这里指写碑文。④ 大手笔：大手大笔写大文章，事出《晋书·王珣传》，指有关朝廷大事的宏文巨著。⑤ 系：牵涉，关系。职司：指朝廷中专门负责具体工作的有关部门。这里指唐代专司撰述的集贤院、弘文馆等。“不系于职司”，

说明撰碑文事关紧要，故不作日常事务处理，不交给文学侍从之臣来做。韩愈时为御史中丞，是执法之官，不属文学之臣。⑥“当仁”句：这句本《论语·卫灵公》：“当仁不让于师。”诗意说对应该做的事决不推辞。⑦ 讫(qì)：完毕。颔(hàn)：点头。颐(yí)：下巴。颔颐，即点头表示赞许。以上八句，叙述韩愈奉宪宗之命撰写碑文。⑧ 公：指韩愈。斋戒：古人在举行重要典礼之前，要素食沐浴，清心洁身，以示庄敬。⑨ 濡染：润湿。何：多么。淋漓：诗中指笔墨酣畅，挥洒自如，尽情尽致。⑩ 点窜：改换字句。尧典、舜典：皆《尚书》中的篇名。⑪ 清庙、生民：皆《诗经》中的篇名。这两句写韩愈撰写的碑文摹拟古代经籍的文体，力求典雅高古。亦指韩碑具有“史笔”，像司马迁在写作《史记·五帝本纪》时把《尧典》、《舜典》上的文字稍加修改，补缀成篇。⑫ 破体：书法中的一种变体，由行书变出。书：写。⑬ 再拜：两拜。丹墀(chí)：宫前的官阶。因涂红漆，故名。⑭ 表：奏表。臣子进献东西给皇帝，先要上表说明缘由。昧死上：冒死上言。是秦汉时臣子奏事时的套语，表示敬畏之意。⑮ 书：指刻写。之：代指碑文。⑯ 字如手：一作“字如斗”。斗，古代酒器。⑰ 鳌(áo)：大海龟。蟠(pán)：盘绕。螭(chī)：传说中一种无角的龙。⑱ 喻：明白，理解。⑲ 谗：说别人坏话。私：有私心。⑳ 治(chí)：整治。以上三句指李愬控诉、段文昌重写碑文事，已见题解。㉑ 斯文：这篇文章。元气：指天地间的精神。㉒ 入人肝脾：深入人心。㉓ 汤盘：相传商汤沐浴的盘，上铸有“苟日新，日日新，又日新”的铭文。孔鼎：指孔子先世正考父的鼎，亦铸有铭文。㉔“今无”句：意谓盘鼎虽不存，而铭文却流传后世，以喻韩碑虽毁，而碑文长留。以上十八句叙述撰碑、树碑和推碑的经过，抒发作者的感慨。

鸣呼圣皇及圣相①，相与烜赫流淳熙②。公之斯文不示后③，曷与三五相攀追④？愿书万本诵万过⑤，口角流沫右手胝⑥。传之七十有三代⑦，以为封禅玉检明堂基⑧。

【注释】

① 圣皇：指唐宪宗。圣相：指裴度。② 烜（xuān）赫：形容声名或气势很盛。淳熙：正大光明。③ 示后：传示给后世。④ 曷（hé）：何，怎么。三五：指三皇五帝。攀追：赶上，追随。这句与本诗开头第二句“轩与羲”呼应。⑤ 书：抄写。过：次。⑥ 胝（zhī）：胼胝，手脚的老茧。这里用作动词，生茧。⑦ 七十有三代：形容流传久远，代代相承。《史记·封禅书》：“古者封泰山、禅梁父者七十二家。”这里把唐代算进去，作为七十三代。⑧ 封禅（shàn）：古代帝王到泰山筑坛祭天叫做“封”，在山南梁父山上辟基祭地叫做“禅”。封禅是古代帝王祭告天地、宣传功德的一种重典。玉检：古人封禅，书于玉牒，覆以玉检。玉检，用玉作的封盖，罩在封禅文书之上。明堂：周天子宣明政教的地方，凡朝会、庆赏、选士、养老、教学等大典均于此举行。以上八句赞颂宪宗和裴度的不朽功业，指出韩碑的不朽价值。

【翻译】

唐宪宗皇帝秉有神武的英姿，

他可比什么人呢——轩辕和伏羲。
发誓要为前代帝王洗雪耻辱，
端坐正殿上接见来朝的四夷。
乱臣贼子割据淮西近五十年，
好比老狼生貙貙又生了熊罴。
不占据险要山河却占据平地，
持长戈利矛可以将红日指挥。
皇帝获得了圣明宰相叫裴度，
遇贼行刺不死像有神灵扶持。
腰间悬着宰相大印兼当都统，
阴风惨淡吹卷着天王的旌旗。
愬、武、古、通四人作他麾下战将，
仪曹员外郎带笔墨左右跟随。
行军司马韩愈既机智又勇敢，
十四万英勇的战士如虎如貔。
攻入蔡州生擒贼首献于太庙，
功大不容推辞皇帝恩遇无比。
皇帝说："你裴度的功劳数第一，
你司马从事韩愈应该写纪功文辞。"
韩愈便下拜叩头手舞足蹈说：
撰文勒于金石，臣下当能为之。
古来制作世称"大手笔"的文章，
这事不交给专职撰述的有司。
我应效法古人大事当仁不让，
话说完皇帝便频频点头称是。
韩公退朝后斋戒在小阁静坐，
饱蘸大笔纵横挥洒笔墨淋漓。

引证修改《尧典》、《舜典》上的字眼，
仿效《清庙》、《生民》等篇中的颂诗。
文章作好后用破体抄录纸上，
清晨入朝再拜把它铺在丹墀。
奏表中写道“臣韩愈昧死上书”，
颂扬神君圣相功业应刻于碑。
石碑高达三丈个个字大如手，
碑下驮着灵龟碑首饰有盘螭。
文句新奇语意庄重少人能解，
有人进谗天子说它不实有私。
于是用百尺长绳把石碑拉倒，
再用粗砂大石磨去碑上刻辞。
韩公这篇文章有如天地精气，
早在写成时候已经入人心脾。
汤盘孔鼎都载有前人的著述，
如今器物无存仍流传着铭词。
啊，神圣的皇帝和贤明的宰相，
声威互相辉映光荣流布人世。
韩公这篇文章若不昭示后代，
怎能使宪宗媲美于三皇五帝？
我愿把它写一万本读一万遍，
直到口角流涎右手生出胼胝。
让它七十三代相承永远流传，
以作为封禅玉检和明堂根基。

花 下 醉

这首小诗抒写在花下陶醉流连的心理，含思宛转，笔意超妙。全篇以一“醉”字贯串起来，传神地表现了诗人身心俱醉的境界。末二句写夜深持烛赏花的意趣，他要追回在醉眠中耽误了的时间，清静地享受生活之美。“赏残花”三字，正见诗人“爱花兴复不浅”（马位《秋窗随笔》）。

寻芳不觉醉流霞①，倚树沉眠日已斜。
客散酒醒深夜后，更持红烛赏残花。

【注释】

① 流霞：神话传说中的仙酒名。醉流霞，语意双关，既明指为美酒所醉，又暗喻为春花所醉。

【翻译】

寻得芳菲不觉被美酒陶醉，

倚着花树酣眠红日已西斜。
且等到客散酒醒深夜以后，
又举着红烛独自欣赏残花。

汉 宫 词

唐武宗力辟佛教，却笃信神仙之说，宠信道士赵归真、邓元起等人，服食修摄，亲受法箓。会昌五年(845)春，在京城南郊修筑望仙台，以冀仙人降临。望了一年，神仙未见，武宗自己却吃仙丹而“升遐”了。本诗借咏汉武帝求仙事以讽刺武宗，并抒写了个人身世之感。开头两句写汉武帝筑集灵台求仙不成，以讽刺唐武宗的执迷不悟。深婉不露，用笔曲折。后两句以司马相如自喻，谓侍臣眼前之渴不得治疗，而皇帝却终日作长生的妄想。以比自己渴望能干一番事业，却不被君王所察。

青雀西飞竟未回①，君王长在集灵台②。
侍臣最有相如渴③，不赐金茎露一杯④？

【注释】

① 青雀：传说中西王母的信使，曾向汉武帝传递消

息。青雀未回,喻求仙毫无所得。② 集灵台:汉武帝时为求仙而建的台。集灵,犹言会仙。③ 相如:司马相如,汉武帝时著名的辞赋家。患有消渴疾(即糖尿病)。④ 金茎:铜柱建筑,指汉武帝建造的金铜仙人承露盘,用以收集露水,和玉屑饮,以求成仙。两句暗示皇帝好神仙甚于爱人才。

【翻译】

王母的信使青鸟啊
　你向西飞去竟未回来,
只累得求仙的君王
　久久在集灵台上等待。
唉,有一位文学侍臣
　最是有相如般的消渴,
君王啊,你怎不赐他
　那金茎上的仙露一杯?

落　花

这首诗咏叹小园落花，感慨身世，表现了作者对美好事物被摧残的惋惜之情。起首两句把客去和花飞联结起来，仿佛落花也是有情之物。三、四句从空间与时间着笔，写落花到处纷飞并从朝到暮飘舞。五句写惜花之心。六句是诗人痴想。末二句极写悲苦失望之情，寓有作者身世之感。

高阁客竟去①，小园花乱飞。
参差连曲陌②，迢递送斜晖③。
肠断未忍扫，眼穿仍欲归④。
芳心向春尽，所得是沾衣。

【注释】

① 高阁：或谓指灵仙阁。在永乐（今山西芮城）。时作者因母丧而闲居永乐。② 参差：高下错落。曲陌：曲

径。③ 迢递：遥远。④ 归：一作“稀”。

【翻译】

高阁下，客人竟就这样走了，
小园里，春风吹得残花乱飞。
它高低飘舞，洒向弯曲的小路，
它连绵不断，送走了落日斜晖。
柔肠寸断，不忍把落花扫去，
望眼欲穿，仍盼望逝者来归。
惜花之心也随春而尽，
得到的只是清泪沾衣。

瑶　池

李商隐早年受过道教的影响，曾在玉阳学道，后来对求仙的把戏逐渐看清楚了，写了不少讽刺神仙迷信的诗歌，尤以这首《瑶池》最为著名。本诗没有正面写皇帝们吃丹药自杀的愚蠢行为，而借古代传说中西王母和周穆王相遇的故事，从侧面写出求长生的虚妄。全诗不着一句议论，而借西王母的心理活动来表现主题。末两句尤有言外之意，即使如到了昆仑会见过西王母的周穆王，也终归不免一死。诗语冷峻，讽刺深远。

瑶池阿母绮窗开①，黄竹歌声动地哀②。
八骏日行三万里③，穆王何事不重来？

【注释】

① 瑶池：古代神话中西王母所居之处。阿母：西王

母,汉代有人称之为玄都阿母。据《穆天子传》载,周穆王曾从镐京出发,西游至昆仑山上的仙人西王母之邦。西王母在瑶池上宴请穆王,临别时双方作歌赠答,约定三年后重来相会。绮窗:雕花的窗子。绮,彩绘的丝织品。② 黄竹:歌曲名。《穆天子传》载,周穆王的队伍在到黄竹的路上,遇北风大雪,有人冻死,穆王便写了三首歌表示哀怜。其中有"我徂(往)黄竹"之语,故称"黄竹之歌"。这两句说周穆王离去后,西王母盼他回来,但穆王始终不见,徒闻黄竹哀歌。③ 八骏:传说中穆王驾乘的八匹骏马。

【翻译】

西王母在瑶池畔
　把绘彩的窗户打开,
只听到《黄竹》之歌
　撼动大地,充满悲哀。
著名的八匹神骏
　本可一天行三万里,
啊,穆王,你为什么
　一去后却不见重来?

晚　　晴

宣宗大中元年(847),李商隐应桂管观察使郑亚之聘,为支使兼掌管书记。桂林明媚的山光水色和初夏时生机勃勃的自然景象,使初到南方的诗人感到非常欣悦。远离政治斗争的漩涡,躲开了人们的冷眼和嫉觑,诗人的心情暂时平静下来,对前途产生新的希望。本篇描写当地雨霁天晴的晚景,表现对未来生活的乐观明朗的情绪。三、四句融情入景,写久雨则使幽草萎腐,故天意怜之而为放晴,隐有作者自况之意,寓有理趣。

深居俯夹城①,春去夏犹清②。
天意怜幽草③,人间重晚晴。
并添高阁迥④,微注小窗明⑤。
越鸟巢干后⑥,归飞体更轻。

【注释】

① 深居:幽僻的居处。夹城:即大城外的小城。深居有高阁,可以俯瞰夹城。② 犹:仍。清:清和,不太炎热。③ 幽草:生长在幽僻处的丛草。④ 并:如,似。迥(jiǒng):远。⑤ 注:照射。⑥ 越鸟:指南方的鸟。越,古越地,今广东、广西一带地区。《古诗十九首》(其一)有"胡马依北风,越鸟巢南枝"之句。

【翻译】

深僻的住所俯瞰着夹城,
春去夏来,天气仍是和清。
天公有意爱怜幽处的小草,
人们更是珍惜傍晚的新晴。
又凭高阁,视野更为远大,
光照小窗,室内一片光明。
越鸟知道雨晴巢儿干了,
暮归时飞翔得更觉轻盈。

海　上　谣

这首诗在艺术构思和表现手法上都有意学习中唐诗人李贺的乐府诗,是一首典型的"长吉体"。新奇瑰异的语言,幽渺神秘的意境,托寓隐约,恍惚迷离,胜似李贺。本诗当作于大中元年秋。诗中揭露求仙的虚妄。唐武宗服仙丹死后,宣宗即位,重蹈武宗之辙,受三洞法箓于衡山道士刘玄静,诗人对此自然感到失望和愤懑。前四句说明费尽心机寻求仙药,终无所得。中四句写海中仙境的荒寒,并非乐土。末四句指出求仙的汉武帝及其子孙后裔都不免一死,仙籍纯属无用。

桂水寒于江①,玉兔秋冷咽②。
海底觅仙人③,香桃如瘦骨④。
紫鸾不肯舞⑤,满翅蓬山雪⑥。
借得龙堂宽⑦,晓出揲云发⑧。

刘郎旧香炷⑨，立见茂陵树⑩。
云孙帖帖卧秋烟⑪，上元细字如蚕眠⑫。

【注释】

① 桂水：即桂海，是南海的别称。② 玉兔：神话传说月中有玉兔捣药，又有桂树。这句是由桂而联想到月。③"海底"句：《汉书·郊祀志》载，燕昭王使人入海求蓬莱、方丈、瀛州诸仙境之仙人及不死之药。未到时，望之如云；及到，三神山反居水中。本句用来表示求仙可望而不可即。④ 香桃：蟠桃。指不死之药。《拾遗记》载，西王母曾将万岁冰桃送给周穆王。又，《汉武内传》载，东方朔曾三次偷取西王母的蟠桃。⑤ 紫鸾：传说中凤凰一类的神鸟。喜则鸣舞。⑥ 蓬山：蓬莱仙山。传说中的海上三神山之一。⑦ 龙堂：指海龙王的殿堂。诗中用此，当暗指宫廷。⑧ 揲(shé)：用手抽点成批或成束物的数目。云发：指年轻时如云般浓密的头发。古人常以发的疏密来表示年纪的老少。揲发是唯恐发疏老去。⑨ 刘郎：指汉武帝刘彻。香炷(zhù)：线香。《汉武内传》载，汉武帝在七月七日焚百和之香以待西王母到来。⑩ 茂陵：汉武帝的陵墓。在今陕西西安西。⑪ 云孙：指远代子孙。帖帖：安静帖服的样子。⑫ 上元：上元夫人。女仙名。传说她是老子的弟子，曾陪同西王母到汉宫中，与汉武帝相会宴饮。《汉武内传》载，上元夫人曾授武帝以金书秘字六甲、灵飞十二事等。武帝以黄金白玉为箱函，藏于柏梁台上。蚕眠：古代书法有所谓"蚕书"一体。此指道教经典以蚕书写成。末句意说，上元夫人授给武帝的真经秘诀，空留在人间，而于

长生成仙之事全无用处。

【翻译】

桂海的水比江水还要寒冷，
玉兔也在秋寒中无声幽咽。
我来到海底神山寻觅仙人，
只见凋落的香桃有如瘦骨。
紫鸾也被冻僵了不能起舞，
翅膀上积满了蓬山的冰雪。
只好暂借宽阔的龙宫居住，
晨起时梳弄如云般的头发。
还剩有刘郎求仙的旧香炷，
不多久便见茂陵长满墓树。
哎，他的龙子龙孙
　早已静卧于荒野秋烟；
上元真经的小字
　如同粒粒蚕子在僵眠。

北　　楼

唐宣宗即位后，一反会昌之政，大力斥逐李德裕党人。大中二年春，李商隐在桂州又听到郑亚被贬的消息，写了这首诗，以表自己凄痛之情。首二句悲愤人生无欢。三句写春花夕敛，有象征意味。四句谓“不知寒”，语中自含彻骨之寒。后四句写在异地怀归的感情，诗人登楼北望，想念着京城中的朋友，并为他们的遭遇而担心。

春物岂相干①？人生只强欢。
花犹曾敛夕②，酒竟不知寒③。
异域东风湿④，中华上象宽⑤。
此楼堪北望，轻命倚危栏⑥。

【注释】

① 春物：春天的风物。② 花：指木槿花，朝开夕萎。

③ 竟：居然。④ 异域：异地。此指桂州。⑤ 中华：这里指中原地区。上象：指天空。⑥ 轻命：看轻自己的生命。危栏：高楼上的栏杆。

【翻译】

春天风物跟我有甚相干？
人生在世只好强自为欢，
木槿花到晚上依旧敛合，
饮酒竟然令人忘记春寒。
异乡的东风充满了湿气，
回想中原天空无限广宽。
在这楼上正好向北眺望，
不惜自轻性命凭倚高栏！

贾　生

这首诗咏叹贾谊怀才不遇，别出机杼。诗中称道贤明的汉文帝欣赏贾谊的才调，虚心地向贾生求教，谈到深夜，看来这位英主是多么汲汲求贤啊！结果是怎样呢——"不问苍生问鬼神"，重鬼神而不重人，更说不上采纳进步的政见了。其中寄托作者本人怀才不遇的感慨。晚唐诸帝服药求神仙，荒废政事，不问苍生疾苦，比诸汉文帝有过之而无不及。

宣室求贤访逐臣①，贾生才调更无伦②。
可怜夜半虚前席③，不问苍生问鬼神④。

【注释】

① 宣室：汉代未央宫前殿的正室。这里借指汉朝朝廷。逐臣：被贬谪的臣子。贾谊在汉文帝时曾任太中大夫，后遭谗毁，被贬作长沙王太傅。此时汉文帝把他召回

长安，在宣室接见。② 贾生：指贾谊。才调：才情，才气。无伦：无比。③ 可怜：可惜。虚：空自，徒然。前席：古人席地而坐，谈话投机时，身体不自觉地前倾挪动，靠近对方。《史记·屈原贾生列传》载，文帝举行祭祀后坐在宣室中，因感鬼神事而问鬼神的本原，贾谊作了详细的回答。至夜半，文帝不觉移席向前。④ 苍生：老百姓。

【翻译】

汉文帝为了访求贤士，
　在宣室召见逐臣；
那贾谊才华横溢，
　实在是超群绝伦。
可惜是两人谈到夜半，
　文帝枉自前移坐席；
不问国计民生的大事，
　只问那无稽的鬼神。

旧 将 军

唐武宗会昌年间，李德裕为相，任用名将石雄，大破回纥，平定泽潞藩镇叛乱。宣宗大中初年，李德裕被贬崖州，石雄亦饮恨而死。李商隐此诗借咏两汉史事，揭露封建统治者对功臣良将的压抑和迫害，对李德裕、石雄等表示了深切的同情。起二句以云台画像喻唐代图凌烟阁事。唐太宗曾画功臣二十四人像于凌烟阁，宣宗以“中兴”之主自命，于大中二年续画三十七人图像。当时朝议纷纷，竟无一人为李德裕、石雄等会昌将相说句公道话。故《旧唐书·李德裕传》赞云：“呜呼烟阁，谁上丹青！”诗中以“高议”、“纷纷”等语，表现了作者的嘲讽和愤慨。后二句借李广被醉尉侮辱的遭遇，写会昌将相被摒斥的情事，为李德裕等人深抱不平。

云台高议正纷纷①，谁定当时荡寇勋②？
日暮灞陵原上猎③，李将军是旧将军④！

【注释】

① 云台:汉宫中的高台。汉明帝永平三年(60),画汉光武帝时功臣二十八人像于南宫云台。高议:指在朝者对画像人选的评议。② 荡寇勋:指汉朝名将李广抗御匈奴的功勋。③ 灞陵:汉文帝的陵墓,在长安东南。④"李将军"句:典出《汉书·李将军列传》。李广在战争中屡建奇勋,但始终未得封侯,闲居在蓝田南山中,日以射猎自遣。有一次夜饮田间,还至亭中,被灞陵醉尉呵止。李广的从人说:这是故李将军。尉说:"今将军尚不得夜行,何'故'也!"

【翻译】

汉宫云台上
　正高谈阔论意见纷纷。
谁人去评定
　当年将士抗敌的功勋?
黄昏日暮时
　李广在灞陵原上打猎,
哪个还去管
　这位李将军是旧将军!

泪

这首咏泪诗以抒仕途沦落的辛酸苦涩。全诗八句，前六句分用六个典故，写六种不同的悲泪：失宠宫妃怨君之泪，别后闺人思夫之泪，亲人伤逝之泪，百姓怀德之泪，绝域思乡之泪，英雄末路之泪。末二句结出主题，最悲凉不过的是寒人送贵人时穷途饮恨的心情，那是流不出来的泪，滴在心灵的创口上苦涩的泪。在写作手法上，本诗吸取了骈体文的技法，结合典实来抒情，别具一格。

永巷长年怨绮罗①，离情终日思风波。
湘江竹上痕无限②，岘首碑前洒几多③？
人去紫台秋入塞④，兵残楚帐夜闻歌⑤。
朝来灞水桥边问⑥，未抵青袍送玉珂⑦！

【注释】

① 永巷：宫中长巷。汉代幽禁有过错的妃嫔宫女的

处所。② 这句用湘妃的典故。相传舜南巡，死在苍梧，他的两位妃子娥皇和女英追至南方，在湘江边恸哭，“以泪挥竹，竹尽斑”(见张华《博物志》)。③ 岘首：山名。在今湖北襄阳。《晋书·羊祜传》载，羊祜镇守襄阳，死后，当地百姓在岘首山羊祜生前游憩之地建碑立庙。人们感怀羊祜的惠爱，望其碑者，莫不流泪。杜预因称之为“堕泪碑”。④ 紫台：即紫宫。汉代宫墙上涂紫色，故名。江淹《恨赋》：“明妃去时，仰天太息；紫台稍远，关山无极。”明妃，即王昭君，名嫱，汉元帝时远嫁匈奴呼韩邪单于。⑤ 这句用楚霸王项羽的典故。《史记·项羽本纪》载，楚汉战争到最后决战时，刘邦与韩信、彭越等合兵，把项羽围困在垓下(今安徽灵璧南)，项羽粮尽援绝，“夜闻汉军四面皆楚歌。项王则夜起饮帐中，乃悲歌慷慨，泣数行下”。⑥ 灞水：灞河。流经长安东面，过灞桥北流入渭河。唐代长安人东行，每在灞桥边送别。⑦ 未抵：比不上。青袍：唐代八品、九品官员穿着青色衣服。这里指官职卑微的人。玉珂(kē)：用玉或白贝壳制的马勒上的装饰物。这里指骑着骏马的达官贵人。这句说，上面所写的种种可悲之事，还比不上卑躬屈膝地给那些气焰熏天的达官贵人送行更可恨可悲。

【翻译】

幽闭在永巷中哀怨的宫妃，
　　长年累月地泪湿绮罗。
闺中独居的思妇怀念游子，
　　终日担心江上的风波。

湘江边的竹上
　斑驳的啼痕也应无数，
岘首山的碑前
　感怀的涕泪流下几多？
昭君离去紫台
　在秋风中走向荒凉的塞外，
项羽兵困垓下
　在营帐里夜闻凄怆的楚歌。
啊，当我在清晨时
　来到灞水桥边看到——
青袍寒士相送达官贵人，
　才知道，这一切都算不了什么！

乱　石

大中二年二月，郑亚被贬为循州刺史，作者亦罢幕索居，想投靠湖南观察使李回，李却不敢为他奏辟，遇合无缘，精神非常痛苦。诗中以纵横的乱石比喻当道的政客，对当时黑暗的政治局面以及嫉贤妒能的官僚权贵表示强烈的不满。末句以穷途恸哭的阮籍自况，表现了作者受到压抑而找不到出路时的苦闷心情。本篇在讽刺中兼有抒怀，兴寄遥深。

虎踞龙蹲纵复横①，星光渐减雨痕生②。
不须并碍东西路，哭杀厨头阮步兵③。

【注释】

① 踞：蹲坐。虎踞龙蹲，形容乱石奇形怪状堆塞路上的样子。②“星光”句：是说这些乱石原是陨星，坠落日久，光芒渐减，现出风雨剥蚀的痕迹。③ 阮步兵：魏晋诗

人阮籍。《晋书·阮籍传》载,阮籍爱酒,听说步兵厨营人善酿酒,就自请为步兵校尉,后世称“阮步兵”。步兵校尉为兵营长官,管及厨营,所以这里称他“厨头”。他有时驾车出游,走到道路不通的地方,便恸哭而返。本诗末二句斥责乱石,说它们把东西通道都阻塞了,致使有志之士穷途痛哭,悲愤难胜。

【翻译】

乱石如虎踞龙蹲满地纵横,
陨星的光芒渐灭雨痕渐生。
不要把东西通道全都阻塞,
会哭坏了那位厨头阮步兵!

过　楚　宫

李商隐对妻子王氏的感情是十分真挚的。大中五年(851)王氏卒后,他写了不少悼亡诗,抒发追思迷离、沉哀欲绝的心情。本诗当为作者赴东川柳仲郢幕,途经巫峡时作。悼亡恋旧,感喟无穷,不能自已。前两句追述楚宫旧事,说明男女间的至情是古今长在的,末二句以"微生"与"襄王"对照,暗示自己现在已无复人间之乐,旧日的欢愉,有如一梦,却令自己终生思忆。

巫峡迢迢近楚宫①,至今云雨暗丹枫②。
微生尽恋人间乐③,只有襄王忆梦中④。

【注释】

① 巫峡:长江三峡之一,在今重庆巫山东。两岸连山壁立,绵延达一百六十里。楚宫:楚国建都于郢,即今湖北江陵。② 云雨:宋玉《高唐赋序》言楚怀王曾游高唐,梦与

巫山神女相会，神女自谓“旦为朝云，暮为行雨”，旧因以“云雨”指男女欢合之事。丹枫：巫峡两岸多枫树，秋后枫叶变红，故称。③ 微生：微渺的人生。指一般的人，凡人。④ 襄王：楚襄王。襄王与宋玉同游云梦泽，宋玉告诉他怀王与神女之事，王命玉作《高唐赋》。是夜，襄王寝后，果梦与巫山神女相遇。次日复命玉作《神女赋》。

【翻译】

绵长高峻的巫峡
　靠近旧日的楚宫，
到今天巫山云雨
　依然遮暗了丹枫。
啊，芸芸众生
　只贪恋人间的欢乐，
只有那襄王
　在追忆缥缈的梦中。

夜雨寄北

诗题一作《夜雨寄内》。至于所寄的人，或以为是妻子，或以为是朋友，一时难定，但从诗歌的内容和所表现的感情来看，被怀念的当是与作者关系非常亲密的人。前两句先回答对方问讯归期，描绘出秋山夜雨的环境气氛，烘托了客居异地的孤寂情怀和对亲人深切的思念。后两句想象他日与亲人重见的情景。表面似乎明朗轻快，其实悲凉，含蓄不露，留有回味。

君问归期未有期，巴山夜雨涨秋池①。
何当共剪西窗烛②，却话巴山夜雨时③。

【注释】

① 巴山：泛指东川一带的山。东川古代属巴国。② 何当：何时能够。盼望之词。③ 却：还，再。

【翻译】

你若问我归家的日期，
　我还没有定期！
今夜巴山淅沥的秋雨，
　却已涨满小池。
几时才相会共剪红烛，
　在那西窗之下？
再来细诉今夜巴山中
　这听雨的情思。

杜工部蜀中离席

这首诗作于大中六年(852)春。李商隐在去年冬奉命到西川推狱,至成都,事毕,返回梓州,在临行饯别的宴席上写了此诗。诗中借描绘离席上的情景,以抒发伤时忧国的情怀。本诗着意摹拟杜甫诗歌的风格,而又能有作者自己的独特面目。起两句以反诘句开头,出语警策。三、四句叙事简洁,感慨深沉,颇具"史笔"。五、六句叙事写景,寓有深意。末两句从"醉客"联想到当垆卖酒的卓文君,语含深讽。杜工部,唐代诗人杜甫。杜甫在四川成都严武幕中时,曾加检校工部员外郎的官衔。离席,别宴。

人生何处不离群?世路干戈惜暂分①。
雪岭未归天外使②,松州犹驻殿前军③。
座中醉客延醒客④,江上晴云杂雨云。
美酒成都堪送老⑤,当垆仍是卓文君⑥。

【注释】

① 干戈：古代兵器。代指战乱。② 雪岭：即雪山。主峰在四川康定，绵亘出川西，称为大雪山脉，是唐帝国和吐蕃的界山。天外：形容极远之处。使：使臣。大中三年，吐蕃宰相论恐热以秦、原、安乐三州及石门等七关归唐，朝廷派出使者处理有关事宜。③ 松州：今四川松潘。置有松州都督府，驻兵守边。殿前军：指神策军。本为皇帝的禁军，外地将领每奏请所部军队直属朝廷管辖，称“神策行营”。这里泛指边防军队。④ 延：延请，指劝饮。本句寓有众醉独醒之感。⑤ 堪：可。送老：度过晚年。⑥ 当垆：古时酒店以土墩为垆，上放酒具。卖酒者坐于垆旁，叫“当垆”。卓文君：汉代蜀中富商卓王孙之女，年轻寡居。司马相如以琴声诉说对她的爱情，文君夜奔相如，夫妻俩就在成都市上开设酒店，卓文君当垆卖酒。

【翻译】

人生在世，
　哪里不发生离别亲故的事情？
世路艰难，干戈动乱，
　短暂的离别也令人悲辛。
遥远的雪岭那边
　朝廷派出的使者羁留未返；
近处松州这一带
　也还驻守着皇帝的禁卫军。
座中酒醉的客人
　对清醒的客人劝饮；

江上晴朗的晴云
　夹杂着阴暗的雨云。
在这成都城里，
　美酒真可以送老终生，
那当垆卖酒的
　何况还是风流卓文君！

夜　饮

本诗当作于大中七年(853),李商隐在梓州幕中。诗歌写被幕主邀请参加夜宴时饮酒听歌的情况,以抒发个人身世之感和国家之悲。五、六两句,自杜甫《江汉》诗“江汉思归客,乾坤一腐儒”化出,深为北宋政治家王安石所称赏,认为虽老杜无以过。末二句以刘桢自比,忧国伤时,自悲身世。

卜夜容衰鬓①,开筵属异方②。
烛分歌扇泪③,雨送酒船香。
江海三年客④,乾坤百战场⑤。
谁能辞酩酊⑥?淹卧剧清漳⑦!

【注释】

① 卜夜:卜算利于举行宴乐的夜晚,以喻夜以继日的宴乐。衰鬓:鬓发衰白。指老人。时李商隐方四十一岁,

身体多病早衰。② 属(zhǔ):适值。异方:他乡。指东川。③ 歌扇:古时歌者演出时用的扇子,用以掩口而歌。④ 三年客:李商隐在大中五年赴梓州,至此时恰是三年。⑤ 乾坤:天地。这句写多年来国家对外族和藩镇的战争。⑥ 酩酊:大醉。⑦ 淹卧:久卧。剧:尤甚。清漳:漳水。流经今河北、河南一带。东汉末诗人刘桢《赠五官中郎将》诗:"余婴沉痼疾,窜身清漳滨。"本诗亦以刘桢自况。

【翻译】

夜以继日的酒会
　还容得我鬓发衰白的人,
这幕府开筵设席
　是在我远离家乡的地方。
灯烛流淌的泪珠,
　分滴在歌女扇子上;
夜风吹来了细雨,
　伴送着满船的酒香。
我漂泊江湖,
　作了三年幕客,
这莽苍天地,
　变成百战之场。
在此时此刻,
　谁能推辞酩酊一醉?
我长久躺着,
　赛过刘桢病卧清漳。

重过圣女祠

这首诗写一位沦谪人间的圣女，行踪来去无定，身世风雨飘零，引起诗人的同情爱慕，却追求无望。首句点出“重过”，景物皆非；次句点明“沦谪”，是无望爱情之因。三、四句写圣女祠的景色，渲染祠堂的神秘气氛，暗示圣女在人间爱情上的离奇遇合。五、六句写圣女行踪飘忽，暗示重过圣女祠时，圣女来显灵。末两句追述当年初过时的际遇，抚今追昔，不胜惆怅。诗中的圣女，既是诗人恋慕的对象，也是诗人自我形象的写照，赋中有比，意境沉郁深厚。圣女祠，在陈仓（今陕西宝鸡）与大散关之间。据说当地山崖上有神像形影，状如妇女，世称圣女神，唐人为之立祠。李商隐在开成二年（837）曾经此地，作《圣女祠》诗。大中九年（855）冬，随柳仲郢自梓州返回长安，重经旧地，因题作“重过圣女祠”。或说圣女祠实即诗人所恋女道士居住的道观，诗中所写即为思恋与女道士的爱情缱绻。

白石岩扉碧藓滋①，上清沦谪得归迟②。
一春梦雨常飘瓦③，尽日灵风不满旗④。
萼绿华来无定所⑤，杜兰香去未移时⑥。
玉郎会此通仙籍⑦，忆向天阶问紫芝⑧。

【注释】

① 扉(fēi):门扇。滋:滋生。② 上清:上清宫。道教的神仙洞府。③ 梦雨:梦幻般飘忽迷濛的细雨。④ 灵风:神风。神灵来去时之风。⑤ 萼绿华:传说中得道女仙之名。无定所:没有固定的住所。⑥ 杜兰香:女仙名。移时:经时,指连续一段时间。两句以萼绿华和杜兰香喻圣女。传说两女仙都曾下降人间,与凡人结爱。或说,这里借以暗示作者与女道士之间的一段恋爱纠纷。⑦ 玉郎:道教典籍中的仙官,掌管天府神仙典册。仙籍:神仙的花名册。通仙籍,谓登上名册,被承认为神仙,可居于天上。诗中以玉郎自况,谓曾在祠中跟圣女相会。⑧ 天阶:天路的台阶,指天宫。紫芝:传说中的仙草,服之可以成仙。末二句代圣女回顾往事。作者初过圣女祠时,刚登进士第,壮志满怀,恋爱顺利。如今半生沦落,重过祠堂,自然有不堪回首之感。

【翻译】

白石山岩的门扉,
　长满了碧绿的苔藓。
从上清宫贬谪人间,
　她迟迟回不了天上。

整个春天，如梦的细雨
　经常飘洒在神祠瓦面，
从早到晚，轻柔的灵风
　无力吹动祠中的幡旗。
萼绿华到来时，
　没有固定住所；
杜兰香归去了，
　离而今怕没多时。
玉郎曾在这里通过仙箓，
忆起上天宫去摘取紫芝。

谒　山

这是一首充满哲理的小诗。题称"谒山"，当是拜谒名山时见水流日落的景象而作。感时光之流逝，叹世事之变迁，诗人为之而怅恨不已。后二句自李贺《梦天》"一泓海水杯中泻"化出，奇幻瑰丽，富于想象。

从来系日乏长绳①，水去云回恨不胜②。
欲就麻姑买沧海③，一杯春露冷于冰。

【注释】

① 系日乏长绳：用傅休奕《九曲歌》"岁暮景迈群光绝，安得长绳系白日"句意，说明时光难以留驻。② 不胜（shēng）：禁不起。③ 麻姑：古代神话传说中的女仙。《神仙传》载，麻姑对王方平说："接侍以来，已见东海三为桑田。"

【翻译】

自古以来，就没有
　能系住太阳的长绳，
逝水东流，白云舒卷，
　更令人怅恨不胜。
正想向仙人麻姑
　买下沧海，
哎！只馀得一杯春露
　其冷如冰！

无题四首（选二）

原作《无题四首》，包括七律两首，五律、七古各一首。这里选七律两首，写诗人与一位幽居寂寞的女郎之间隐曲的爱情。前一首写男主人公对远隔天涯的所恋慕的女子深切的怀思，后一首写女主人公见不到情人时绝望的心情。作者在诗中融进自己的身世之感，撼动读者的心灵。这首描述对爱情的探索、追求和失望的诗篇，也可以理解为作者在政治生活上执著的追求。第一首起两句写诗人在等待对方赴约时焦虑和惆怅的心情；颔联写因积思而成梦及梦醒后匆匆写信再约幽期；颈联特意描写富丽华美的环境，以衬托此时的索居孤寂；末二句写所追慕的人杳远难求，表现了诗人失望之情。第二首起两句写春日凄迷的景色；颔联写女子所居的环境及她孤独的生活情况；颈联引用贾氏和宓妃的典故，写女子对所爱者的思慕；末二句为全诗总结，点出相思的无望。

来是空言去绝踪①，月斜楼上五更钟。
梦为远别啼难唤，书被催成墨未浓。
蜡照半笼金翡翠②，麝熏微度绣芙蓉③。
刘郎已恨蓬山远④，更隔蓬山一万重！

【注释】

① 空言：空话，是说女方失约。② 蜡照：烛光。半笼：半掩，半罩。金翡翠：指用金线绣成翡翠鸟图样的罗罩，睡眠时用以遮暗烛光。③ 麝熏：麝香的气味。古时富贵人家常以麝香、沉香等高级香料熏染衣物。度：透过。绣芙蓉：绣有芙蓉花的被褥或帷幕。④ 刘郎：指东汉时刘晨。传说他与阮肇同入天台山采药，遇二仙女，留居半年，及还家，子孙已历七世。重寻仙境，已不可复至了。蓬山：蓬莱山。神话中的海外仙山。

【翻译】

她说过要来的，其实是句空话，
　一去便杳无影踪。
我在楼上等着，直到残月西斜，
　传来五更的晓钟。
因为远别而积思成梦，
　梦里悲啼，久唤难醒；
醒后便匆忙提笔写信，
　心情急切，墨未磨浓。
蜡烛的馀光，
　半罩着饰有金翡翠的帷幕；

兰麝的香气，

　熏染了被褥上刺绣的芙蓉。

我像古代的刘郎，

　本已怨恨蓬山仙境的遥远；

我所思念的人啊，

　哪堪更隔着蓬山千重万重！

飒飒东风细雨来，芙蓉塘外有轻雷①。

金蟾啮锁烧香入②，玉虎牵丝汲井回③。

贾氏窥帘韩掾少④，宓妃留枕魏王才⑤。

春心莫共花争发⑥，一寸相思一寸灰。

【注释】

① 芙蓉塘：荷塘。轻雷：司马相如《长门赋》："雷殷殷而响起兮，声像君之车音。"起二句以风、雨、雷等景物起兴，烘托女子怀人之情。② 金蟾：金蛤蟆。古时在锁头上的装饰。啮：咬。③ 玉虎：用玉石作装饰的井上辘轳，形如虎状。丝：指井索。这两句以烧香、汲水代表女子的家居生活，暗示女子爱情的坚贞。④ 贾氏：西晋贾充的次女。她在门帘后窥见韩寿，爱悦他年少俊美，两人私通。贾氏以皇帝赐贾充的异香赠寿，被贾充发觉，遂以女嫁给韩寿。韩掾（yuán）：指韩寿。韩曾为贾充的掾属。⑤ 宓（fú）妃：古代传说，伏羲氏之女名宓妃，溺死于洛水上，成为洛神。这里借指三国时曹丕的皇后甄氏。相传甄氏曾为曹丕之弟曹植所爱，后来曹操把她嫁给曹丕。甄后被谗

死后，曹丕把她的遗物玉带金缕枕送给曹植。植离京途经洛水，梦见甄后来相会，表示把玉枕留给他作纪念。醒后遂作《感甄赋》，后明帝改为《洛神赋》。魏王：指魏东阿王曹植。⑥ 春心：指相思之情。

【翻译】

飒飒东风，飘来迷濛的细雨，
芙蓉塘外，响起隐隐的轻雷。
金蟾门饰紧锁着重门，
　烧香的烟仍能透入；
玉虎辘轳牵引着吊索，
　深井的水也可汲回。
贾氏在帘后偷窥，
　看上了韩寿的少俊；
甄妃把玉枕留赠，
　是爱慕曹植的文才。
我的春心啊，切莫跟春花争荣竞发，
每一寸的相思，会化成寸寸的残灰！

无　　题

本诗写了两种不同社会地位的女性的生活和命运。一是贵族少妇，在天朗气和的暮春时节，和丈夫家人一起出外游乐，笙歌宴饮，无忧无虑；一是贫家的老处女，无媒难嫁，自伤憔悴。诗中寄托了诗人仕进无门、失意迟暮的痛苦。

何处哀筝随急管①？樱花永巷垂杨岸②。
东家老女嫁不售③，白日当天三月半。
溧阳公主年十四④，清明暖后同墙看⑤。
归来展转到五更，梁间燕子闻长叹。

【注释】

① 哀筝：高亢清亮的筝声。急管：急促的管乐。② 永巷：深长的街巷。③ 东家老女：宋玉《登徒子好色赋》："臣里之美者，莫若臣东家之子（指女子）。"本诗用此意暗示这位老女是容华美艳的姑娘。嫁不售：嫁不出去。④ 溧阳

公主：梁简文帝的女儿。这里泛指贵家女子。⑤ 同墙看：谓东家老女也随俗游春，同在园墙里看花。

【翻译】

哪儿传来阵阵清亮的筝声，
　伴随着急骤的箫管？
在樱花怒放的深巷，
　在垂杨轻拂的河岸。
东邻的贫家中有位姑娘，
　年纪大了还嫁不出去，
对着这当空的丽日，
对着这暮春三月半。
溧阳公主刚刚十四岁，
在这清明回暖的日子，
　与家人一起在园墙里赏玩；
这位贫家姑娘回到家后
　一夜辗转无眠，
只有梁间的燕子
　听到她的长叹。

杜 司 勋

大中三年(849)春天,李商隐在京兆府任代理法曹参军。诗人杜牧也在长安担任司勋员外郎兼史馆修撰,所以他被称为“杜司勋”。李商隐对杜牧十分钦佩。杜牧诗中多伤春怨别之作,人们往往不理解它们的意义,甚至产生一些误解。李商隐写了这首赞美杜牧的诗,突出其地位,高度评价其“伤春复伤别”之作。并引杜牧以为同调,暗含自伤身世之意。

高楼风雨感斯文①,短翼差池不及群②。
刻意伤春复伤别③,人间惟有杜司勋。

【注释】

① 风雨:《诗·郑风·风雨》:“风雨如晦。”这里象征时局的昏暗和不稳定。斯文:这些文章。指杜牧的诗文。② 差池:形容鸟飞时毛羽参差不齐的样子。这句以弱鸟

自比，实兼写杜牧，两人同有身世之感。③ 刻意：极意，用尽心思。

【翻译】

高楼上，风雨如晦，
　使人更有感于这些诗文。
好比短翼的弱鸟，
　毛羽参差，无法赶上同群。
用尽心思去写作
　伤春和伤别诗歌的人啊，
人世间，就只有您——
　我深深敬慕着的杜司勋！

无　　题

这首诗抒写难堪的离恨、终生不渝的追忆以及重见无期的哀伤。颔联以"春蚕"、"蜡炬"设喻,不用典故,妙造自然。上句以"丝"和"思"谐音,谓相思之情,如丝之长,如茧之缚,缠绵着,生死不渝。下句以蜡泪喻人的离恨,亦以比别泪。惘惘情怀,无可消释,只有死亡,才能把彻骨的相思抹掉。含思委婉而感情热烈,以新的形象语言来表达海枯石烂而矢志不变的爱情,传为名句。

相见时难别亦难,东风无力百花残。
春蚕到死丝方尽,蜡炬成灰泪始干①。
晓镜但愁云鬓改②,夜吟应觉月光寒。
蓬山此去无多路③,青鸟殷勤为探看④。

【注释】

① 蜡炬:蜡烛。泪:指蜡烛燃烧时滴下的脂油。② 云

鬓：浓密如云的头发。指女子的青春年华。云鬓改，喻年华老去。③ 蓬山：蓬莱山。神话传说中的海上仙山。这里指情人的居处。④ 青鸟：神话传说中传递消息的仙鸟，为西王母的使者。探看(kān)：探望，看望。

【翻译】

相见机会本已难得，
　别离时苦，分舍更难。
何况正当暮春时节，
　东风无力，百花凋残。
春蚕直到死时，
　缠绵的丝方能吐尽；
蜡烛燃成灰后，
　不断的泪才可流干。
清晨梳妆对镜，
　只愁她云鬓易改；
长夜独自吟诗，
　应感到月色清寒。
蓬山离这儿不会太远吧，
　青鸟啊，请为我殷勤去探看。

漫成五章

诗题"漫成"即信手写成,如散文中的"随笔"。这组诗继承了杜甫《戏为六绝句》的传统,用咏史的方法来抒发感慨和议论政事,也是作者自叙其一生踪迹,寄托个人身世怀抱的重要作品。五章中有起有结,有分有合。一、二章借评论历史人物,叙述自己和令狐楚的关系,感叹政治上的失意。第三章咏娶王茂元女事,感激王氏知己,并代妻致不平之意。四、五章热情地赞美会昌将相,对李德裕表示深切的怀念。组诗结构严谨,前两章和结两章互相对应,中一章承上启下,构成完整的组诗。

沈宋裁辞矜变律①,王杨落笔得良朋②。
当时自谓宗师妙③,今日惟观对属能④。

【注释】

① 沈宋:指初唐诗人沈佺期和宋之问。他们都是宫

廷文人，继承和发展了六朝诗歌艺术的创作经验和方法，完成了五七言律诗和绝句体裁的定型工作。他们的诗属对精切，音调谐畅，时人称为“沈宋体”。裁辞：剪裁词句，指作诗。矜：矜夸，夸耀。变律：变化发展了传统的声韵格律。② 王杨：指初唐诗人王勃和杨炯。他们与卢照邻、骆宾王齐名，号称“初唐四杰”。他们的创作既有齐梁绮靡的馀风，又有较清新、高朗的新的格调。得良朋：指四杰互相呼应，在文坛上形成风气。前两句以沈、宋、王、杨比令狐楚。令狐为文，工于“今体”，对偶精切，音律流美，有如沈、宋的“变律”。③ 宗师：这里指文坛领袖。④ 对属(zhǔ)：诗文中撰成对偶句。后两句写对令狐楚徒工于章奏文字技巧的不满。李商隐早年曾随令狐受学，本人亦以骈文章奏知名，诗中颇有追悔之意。

李杜操持事略齐①，三才万象共端倪②。
集仙殿与金銮殿③，可是苍蝇惑曙鸡④？

【注释】

① 李杜：指李白和杜甫。操持：指拿笔作诗。② 三才：指天、地、人三方面。万象：万物。端倪：头绪。这两句歌颂李、杜的才华和创作，亦隐以李、杜自比。③ 集仙殿：又名集贤殿。天宝十三年，杜甫曾向唐玄宗进《三大礼赋》，受到赏识，命待制集贤院，召试文章。金銮殿：在大明宫内。天宝初年，贺知章向玄宗举荐李白，召见于金銮殿，论当世事，礼节颇为隆重。这句谓李、杜曾受知于皇帝。

④ 可是：却是。苍蝇：比喻皇帝周围的奸佞。惑：惑乱，迷惑。曙鸡：报晓的鸡。喻李、杜。这句写李、杜遭小人进谗而被弃置不用，隐有作者自伤之意。

生儿古有孙征虏①，嫁女今无王右军②。
借问琴书终一世③，何如旗盖仰三分④。

【注释】

① 孙征虏：指三国时孙权，曾受封为讨虏将军。一次曹操与孙权对阵，见其军伍整肃，器仗齐备，叹息说："生子当如孙仲谋（孙权的字）！"② 王右军：指东晋王羲之，曾为右军将军。太尉郗鉴派人到王家择婿，王氏子弟并皆矜持，只有羲之独自在东床坦腹而食，毫不在意。郗鉴很欣赏他的清高，以女嫁之。这句以王羲之自比。李商隐就婚于王茂元家，正以才情受到王茂元赏识。③ 琴书：代指文艺。王羲之是著名的书法家，后世谓为"书圣"。琴书终一世，谓王羲之终身从事文墨，不爱做官。④ 旗盖："黄旗紫盖"的简称。《三国志・孙权传》注引《吴书》："紫盖黄旗，运在东南。"意说东南方出现黄旗紫盖般的云气，是帝王的征兆。仰：仰望，仰慕。三分：指孙权建立的吴国，与魏、蜀鼎足三分天下。

代北偏师衔使节①，关东裨将建行台②。
不妨常日饶轻薄③，且喜临戎用草莱④。

【注释】

① 代北：唐方镇名，治所在代州（今山西代县）。偏师：全军的一部分，以别于主力。《旧唐书·石雄传》载，会昌年间，麟州刺史石雄率领偏师出击回鹘，袭乌介可汗牙帐，斩首万级。衔：领衔，受官。石雄破回鹘后因功授丰州都防御史。② 关东：指函谷关以东地区。裨将：副将。石雄是徐州人，出身微贱，投军后曾为下级将佐。行台：在外地的最高军事机构。建行台，设置行台，成为独当一方的军事统帅。石雄在会昌三年受命为晋绛行营节度使，率军平定昭义镇刘稹的叛乱。③ 常日：平时。饶：任凭，尽管。轻薄：菲薄，瞧不起。④ 临戎：临战。草莱：草野之人。这句赞美李德裕能不拘一格任用人才，使石雄得以屡建功勋。暗寓为石雄晚年时遭到冷遇而鸣不平之意。

郭令素心非黩武①，韩公本意在和戎②。
两都耆旧偏垂泪③，临老中原见朔风④。

【注释】

① 郭令：郭令公，指名将郭子仪。肃宗时任中书令。素心：本心。黩（dú）武：滥用武力，好战。代宗、德宗年间，郭子仪屡次击退回鹘、吐蕃的侵扰，但又极力争取与对方议和，订立盟约。所以诗中称赞他不黩武。② 韩公：指张仁愿中宗时为朔方总管，筑三受降城于河北，使突厥不敢南侵。因功封为韩国公。和戎：与别族维持和平关系。两句以郭子仪和张仁愿比李德裕。《旧唐书·李德裕传》载，

文宗大和五年九月，维州吐蕃将领悉怛谋请以城降唐，李德裕主张接纳，发兵镇守。希望能以维州为基地，经略河湟，收回被吐蕃侵占的旧地。后因被政敌阻挠而罢议，维州之事也成为政敌攻击李德裕的借口。故李商隐特标出“非黩武”、“为和戎”来为李德裕力辩。③ 两都：西、东两都，指长安和洛阳。耆(qí)旧：年高而有声望的人，父老。④ 朔风：北风。指北方边地的民情风俗。两句指大中三年吐蕃衰弱，自动把秦、原、安乐三州及石门等七关归还唐朝之事。诗意是说，如果当初用李德裕的远谋宏略，那么河湟地区早就收复了，哪里还要等到如今临老了才见到呢？

【翻译】

沈、宋遣词造句
　夸耀变化了声律，
王、杨下笔为文
　喜得合意的良朋。
当时都自认为有
　文坛宗师的高妙，
今日看来不过是
　对仗工巧的才能。

李、杜持笔作诗
　彼此功力约略相等，
天地人间万物
　都在诗中呈露端倪。

在集仙殿和金銮殿上
　两人虽有过际遇，
终于被苍蝇喧嚣哄鸣，
　惑乱了报晓晨鸡。

男儿生在世上
　古曾有英雄人物孙征虏，
可惜如今嫁女
　已难觅风流佳婿王右军。
我借问一下
　以琴书自乐，终其一世，
怎么比得上
　有黄旗紫盖，鼎足三分？

石雄在代北偏师抗敌
　被提拔为使节，
这位当年关东的裨将
　终于建立行台。
也不妨他在平日
　受尽了旁人怎样的轻视，
最令人高兴的是
　临战时重用草野的英才！

郭令公的愿望
　原不是穷兵黩武，
韩国公的本意
　也只是和好羌戎。

如今东西两京父老
  都不禁流下泪来——
想不到临老在中原
  才见北地的民风！

骄 儿 诗

李商隐是位慈祥的好父亲。半生坎坷、饱经忧患的诗人，把全部希望寄托在他的爱子身上。诗中生动地描绘了一个天真烂漫、活泼聪明的儿童形象。他才四岁，就会讲故事、扮鬼脸、骑竹马、扑柳絮，还会演戏、拜佛，还学会撒泼耍赖。做父亲的在一旁含着微笑亲切地观察他的骄儿，忽然一阵心酸，担忧这孩子将来会不会像自己今天这样“憔悴欲四十，无肉畏蚤虱”？在诗中他恳切地告诫儿子，不要再走自己的老路——“读书求甲乙”，而要学习真实本领，为国建功立业。全诗可分为三段。第一段写骄儿衮师的聪慧和亲友们对他的夸赞，第二段写骄儿种种天真可爱的生活情态，第三段抒发个人的感慨，并写对骄儿的期望。西晋诗人左思写过《娇女诗》，东晋诗人陶潜写过《责子诗》，都以朴素生动的语言，描写小儿女娇憨的情状，李商隐此诗明显地受到左、陶二诗的影响，但自具特色，别开生面。

衮师我骄儿①，美秀乃无匹②。文葆未周晬③，固已知六七④。四岁知姓名，眼不视梨栗⑤。交朋颇窥观，谓是丹穴物⑥。前朝尚器貌⑦，流品方第一⑧。不然神仙姿⑨，不尔燕鹤骨⑩。安得此相谓？欲慰衰朽质⑪。

【注释】

① 衮(gǔn)师：李商隐的少子。生于大中元年(847)。② 美秀：既漂亮又秀气。乃：竟。无匹：无比。③ 文葆：绣花的褓衣。葆：同“褓”，裹婴儿的包被。周晬(zuì)：周岁。婴儿的第一个生日。④ 知六七：反用陶潜《责子诗》：“雍端年十三，不识六与七。”谓衮师未满周岁，已能认字。⑤“四岁”二句：反用陶潜《责子诗》：“通子垂九龄，但觅梨与栗。”写衮师从小懂事，不馋嘴。⑥ 丹穴物：指凤凰。《山海经》载，丹穴之山出凤凰。诗中以喻人才出众的人物。⑦ 前朝：指魏晋六朝。当时士大夫很注重人物的仪表谈吐，并常品评等等。器貌：度量仪容。⑧ 流品：品级。⑨ 神仙姿：谓风度潇洒，气概不凡。⑩ 燕鹤骨：所谓“燕颔鹤步”的骨相。相术家认为是贵人之相。以上四句是朋友们夸奖衮师的话。⑪ 衰朽质：衰老无用的人。按，时年李商隐三十七岁，方在盛年，已有衰朽之叹，可见半世蹉跎的诗人，此时已身心交瘁了。这两句是作者的答话。

青春妍和月①，朋戏浑甥侄②。绕堂复穿林，沸若金鼎溢③。门有长者来，造次请先出④。客前问所须⑤，含意不吐实。归来学客面，闶败秉爷笏⑥。或谑张飞胡⑦，或笑邓艾吃⑧。豪鹰毛崱屴⑨，猛马气佶傈⑩。截得青筼筜⑪，骑走恣唐突⑫。忽复学参军⑬，按声唤苍鹘⑭。又复纱灯旁，稽首礼夜佛⑮。仰鞭罥蛛网⑯，俯首饮花蜜。欲争蛱蝶轻，未谢柳絮疾⑰。阶前逢阿姊，六甲颇输失⑱。凝走弄香奁⑲，拔脱金屈戌⑳。抱持多反侧㉑，威怒不可律㉒。曲躬牵窗网㉓，衉唾拭琴漆㉔。有时看临书㉕，挺立不动膝。古锦请裁衣㉖，玉轴亦欲乞㉗。请爷书春胜㉘，春胜宜春日。芭蕉斜卷笺，辛夷低过笔㉙。

【注释】

① 青春：春天。妍和月：美好温暖的日子。② 浑：混同。浑甥侄，意谓不管辈分高下。③ 金鼎：铜鼎。古时炊具。④ 造次：匆忙，急促。先出：指先出外迎客。⑤ 所须：所需。⑥ 闶(wéi)败：破门而入，闶，开门。笏(hù)：古代大臣上朝时拿着的手板。⑦ 或：有时。谑(xuè)：戏谑，嘲笑。张飞：三国时蜀将。民间传说他生得黑面大胡子。⑧ 邓艾：三国时魏将，有口吃的毛病。这两句的张飞、邓艾，均借指客人的模样神态。⑨ 崱屴(zé lì)：山峰耸立之状。此喻雄鹰张翅的姿态。⑩ 佶傈(jí lì)：雄壮的样子。⑪ 截：砍。筼筜(yún dāng)：一种大竹。⑫ 恣：恣意，任意。唐突：冲撞。这四句写骄儿骑竹马的姿态。⑬ 参军：官名。唐代有录事参军事之职，简称参军。这里指唐代滑稽剧参军戏的角色。参军戏常由“参军”和“苍鹘”两个角色扮演。⑭ 按声：压低嗓音，摹仿大人的腔调。苍鹘

(hú):参军戏中扮演仆从的角色。⑮ 稽(qǐ)首:古时一种跪拜礼,叩头到地。礼:拜。⑯ 罥(juàn):挂,牵。⑰ 谢:让。这四句写骄儿在户外嬉戏。⑱ 六甲:即“双陆”,古代一种游戏,白黑双方各用六子赌胜负。⑲ 凝(nìng):坚持,硬要。香奁(lián):古时妇女放置梳妆用品的镜匣。⑳ 屈戌(xū):铰链,合页。㉑ 反侧:形容小孩挣扎反覆的样子。㉒ 律:约束。以上六句写衮师与阿姊赌赛输后撒赖的情状。㉓ 躬:身体。窗网:笼在窗子上网状纹的格子。㉔ 峈(kè)唾:吐唾沫。两句写衮师爱琴,拉窗纱、吐唾沫来拭亮它。㉕ 看临书:谓看父亲临写碑帖。㉖ 衣:指书衣,包书卷的布帛。㉗ 玉轴:唐人的写本装成卷帙,每卷有根木轴,两端嵌有玉石。这两句写衮师爱书。㉘ 春胜:即春幡。唐时风俗,立春日剪彩为春幡,上写“宜春”二字,戴在家人头上,用以表示迎新。㉙ 辛夷:又名木笔花。未放时花形似饱蘸水的毛笔尖。过笔:递笔。以上十句写衮师的秀慧,对音乐、文字、书籍的爱好。引出下文关于读书的议论。

爷昔好读书,恳苦自著述[①]。憔悴欲四十,无肉畏蚤虱[②]。儿慎勿学爷,读书求甲乙[③]。穰苴《司马法》[④],张良黄石术[⑤]。便为帝王师,不假更纤悉[⑥]。况今西与北,羌戎正狂悖[⑦]。诛赦两未成,将养如痼疾[⑧]。儿当速成大[⑨],探雏入虎窟[⑩]。当为万户侯[⑪],勿守一经帙[⑫]。

【注释】

① 恳苦:勤奋刻苦。② 蚤虱:语意相关。亦用以比喻那些谗害自己的小人。《南史·文学传》载,卞彬仕既不遂,乃著蚤虱等赋,皆大有指斥。本诗隐用此事。③ 甲乙:唐代科举制度,明经有甲乙丙丁四科,进士有甲乙二科。经策全通者为甲第,策通四、帖过四以上为乙第。求甲乙,指求得进士及第。④ 穰苴(ráng jū):春秋时齐景公的大将,曾任大司马,世称司马穰苴。司马法:即《司马穰苴兵法》。齐威王命人总结古代司马兵法,穰苴兵法亦附其中。故名。⑤ 张良:汉高祖主要谋臣之一。据《史记·留侯世家》载,张良年轻时曾游下邳,遇一老人黄石公授与《太公兵法》,说:"读此,则为王者师矣!"⑥ 假:凭借。纤悉:琐细。此指其他杂学。这四句鼓励儿子去读兵书,以学得辅助帝王的真实本领。⑦ 羌戎:指当时西北边境的少数民族如党项及回鹘等。狂悖(bèi):指叛乱。据《资治通鉴·唐宣宗纪》载,大中年间,吐蕃诱党项羌及回鹘馀众攻河西等地区。⑧ 将养:将息调养。此指姑息放纵。痼疾:久治难愈之病。⑨ 成大:长大。⑩ 雏:指小老虎。虎窟:虎穴。比喻危险的境地。语本《后汉书·班超传》:"不入虎穴,焉得虎子?"⑪ 万户侯:食邑万户的列侯,为列侯中封赏最高者。⑫ 经帙(zhì):指经书。帙,包裹书卷的套子。据《汉书·韦贤传》载:"邹鲁谚曰:'遗子黄金满籯,不如一经。'"本诗说"勿守一经",正针对此谚而言。封建时代的读书人,白首一经,耻言功利。李商隐有鉴于此,训诲儿子应以军功博赏,不要死守经书。

【翻译】

衮师啊，我最爱的骄儿，
你美好聪敏，无人能比！
裹在绣褓中未满周岁，
就已经知道“六”和“七”。
四岁便知道自己的姓名，
不再眼睁睁贪馋梨栗。
朋友们常暗地里细细端详，
说你是丹穴凤凰般的人物。
说在重视仪容风度的六朝，
这孩子的品级定评第一。
说他要不就是神仙般的风姿，
要不就是燕颔鹤步的贵骨。
朋友们怎能这样夸奖呢？
无非宽慰我这衰朽的废物。

孩子们在这和美的春天，
结伴嬉游，不分舅甥叔侄。
绕着厅堂追逐，又穿过树林，
闹声像铜锅中的开水翻溢。
每当门前有大人来访，
衮师便急忙抢先迎接。
客人上前去问他想要些什么，
他却隐藏心意不把实话说出。
送客回来就学客人的样子，
破门而入，拿着阿爸的朝笏。

有时嘲笑客人像张飞那样大胡，
有时嘲笑客人像邓艾那样口吃。
他像雄鹰般展翅耸立，
又像骏马般气概奇崛。
有时砍下了青竹子，
骑上竹马恣意驰突。
忽然又学做参军戏，
压低嗓子呼唤“苍鹘”。
又走到纱灯旁边，
学人叩头拜夜佛。
举起鞭子撩取蛛网，
低下头来吸尝花蜜。
要跟蝴蝶比比轻盈，
要和柳絮赛赛快捷。
在台阶前面遇到了阿姐，
跟她赌赛六甲频频输失。
硬要跑去翻弄她的妆奁，
把匣子的铰链一下拉脱。
抱开他还反覆挣扎，
威吓他也无法制屈。
弯着身子去拉窗户的网格，
把唾沫吐在琴上拭亮表漆。
有时看大人临写碑帖，
挺直腰杆不移动两膝。
拿来古锦要裁制书衣，
见到玉轴也想要讨乞。
请求阿爸书写春胜，

知道春胜最宜春日。
未展的芭蕉，像那斜卷着的笺纸，
含苞的辛荑，像他低递来的毛笔。

阿爸从前喜欢读书，
勤奋刻苦独自著述。
如今憔悴衰老年近四十，
身上无肉特别害怕蚤虱。
儿啊千万不要学阿爸，
读书应举求科名甲乙。
应去学学司马穰苴的兵法，
还有黄石传给张良的战术。
只要这样就能做帝王之师，
不须依靠其他琐细的学识。
何况现在国家的西北，
羌戎正在猖狂地叛逆。
征讨或安抚都毫无成效，
好比养痈为患终成痼疾。
儿啊你要快快长大成人，
为探得虎子要深入虎穴。
应当用武功去博取万户封侯，
不要一辈子死守着一部经帙！

蝉

本诗在咏蝉中寄托作者的身世情怀。首句“高”，既是指蝉栖身之高，亦是写诗人高尚的品格，“难饱”，点出穷愁困厄的处境。次句写出欲投无路、哀告无门的悲愤之情。三、四句咏蝉喻人，用形象的语言表现自己痛苦的处境，借碧树之无情反衬寒蝉的哀鸣。后二句直接写个人身世之感，写出了矛盾复杂的心情。收二句仍归到蝉上，诗人看到蝉的遭遇，联系到自己的身世，竦然警觉，引为同调，实是牢骚之语。

本以高难饱①，徒劳恨费声②。
五更疏欲断，一树碧无情③。
薄宦梗犹泛④，故园芜已平⑤。
烦君最相警⑥，我亦举家清⑦！

【注释】

① 以：因。高难饱：蝉栖止在高枝上，古人以为它以

饮露餐风为生，故说“难饱”。② 徒劳：白白辛苦。费声：费许多气力发出声音。③ 碧无情：树木依然一片青绿，对蝉的悲唤无动于衷。④ 薄宦：俸禄微薄的官职。梗犹泛：暗用《战国策·齐策》典故。齐国孟尝君想到秦国去，苏代劝阻说：有个土偶人遇到桃梗，说：“你是一根桃树枝，刻成人形，降雨下，淄水至，把你漂去，不知归向哪里。”后因以“梗泛”喻漂泊无定的生涯。梗，树枝。泛，飘浮。⑤ 芜：荒芜。芜已平，指田间沟垄径道都已长满荒草。⑥ 君：指蝉。警：警醒。这里有触动意。⑦ 举家：全家。清：清贫。有洁身自好之意。

【翻译】

栖息高枝，本来已难得一饱；
欲寄幽恨，白白地频费鸣音。
五更时鸣声疏落，欲断还续；
那高树一片青碧，漠漠无情。
小官生涯，正像桃梗般漂泛；
故园径路，都已被荒草遮平。
蝉儿啊，有劳你一再警醒我，
要知道，我全家也同样孤清！

房　中　曲

大中五年(851)春,李商隐自徐州卢弘止幕归,罢职还京。未久,妻王氏亡故,遂写下这首哀婉动人的悼亡诗。此诗十六句,四句一段。前四句写晓来所见的景色,自己悲极如痴。次四句写看到妻子的遗物,引起物在人亡之慨。接四句回忆前年离家情景,抒发归来已不见人的哀痛。末四句设想旷劫重生时前因已昧,不复相识,只留下无穷怅恨。这首诗专意效法李贺,峭涩哀艳,寓意深隐,抒发了作者追思迷离、沉痛欲绝的心情。末二句是千古彻骨情语,已超出"长吉体"的范围了。房中曲,乐府旧题。周有《房中乐》,汉有《房中歌》。这里借旧曲名来咏自己独对空房的悲伤。

蔷薇泣幽素①,翠带花钱小②。
娇郎痴若云③,抱日西帘晓④。

枕是龙宫石⑤，割得秋波色⑥。
玉簟失柔肤⑦，但见蒙罗碧⑧。
忆得前年春，未语含悲辛⑨。
归来已不见，锦瑟长于人⑩。
今日涧底松，明日山头檗⑪，
愁到天地翻⑫，相看不相识。

【注释】

① 幽素：幽僻寒素，喻亡妻在地下处境冷落。② 翠带：指蔷薇的绿色枝蔓。花钱：花冠细圆如钱状。③ 娇郎：诗人自指。古人将爱婿称为娇客。云：表示浮游无所依托。这里写丧妻后的孤独与深哀。④ 抱日：行云拥日，形容白天痴情悼亡。犹言“迎日”。西帘晓：夕旧西下，就在帘下呆到天亮。⑤ 龙宫石：传说龙宫多宝石，龙女常以赠所爱者。这里把妻子用过的枕头比作龙宫宝石，以示遗物之可珍。⑥ 秋波：喻女子的眼波。这句说从平日所用的枕上还仿佛见到她明丽清澈的目光。⑦ 簟（diàn）：竹席。⑧ 蒙罗碧：罩着碧绿的罗衾。⑨“忆得”二句：回忆当日离家时妻子哀怨的情状。⑩ 锦瑟：绘有美丽花纹的瑟。长于人：比人的生命还长久。以上八句倒叙不眠之夜的所见所感。⑪ 檗（bò）：黄檗，也叫黄柏。一种落叶乔木，木材坚硬。树皮可入药，味苦。在古乐府诗中常以喻人的心苦，如“黄檗向春生，苦心随日长”等。这两句意说，自己今日悲怀郁结如涧底青松，明日心中愁苦如山头黄檗。⑫ 天地翻：指巨大的变故。

【翻译】

蔷薇沾露如在哭泣幽居寒素，
绿色的蔓条缀着花儿如钱小。
娇郎痴立着，像天空无依的浮云，
拥抱着白日，在西帘下呆到破晓。
枕头是龙宫的神石，
能分得秋波的颜色。
素席上已不见她柔美的体肤，
只见到铺着的罗衾一片惨碧。
忆起前年春天分别，
共曾相语已含悲辛。
归来再也不能见面，
唯有锦瑟横躺长存。
今日像涧底的青松，
明日像山头的黄檗。
真怕到那天翻地覆之时，
彼此相见再也不能相识。

柳

在李商隐诗集中，咏柳之作共有十九首，其中不少是有寄托的。诗人在大中五年(851)被东川节度使柳仲郢辟为节度书记，此后几年都在柳幕中，所以他的咏柳诗往往借府主的姓以寄慨。本诗也是因柳而触发个人迟暮之伤、沉沦之痛的。前两句写杨柳生意荣茂的当春时节，用来暗示自己少年时朝气蓬勃、充满幻想和信心的日子。后两句说不料转眼之间，杨柳便到了萧条的秋日，只有斜阳相对，寒蝉相伴了。

曾逐东风拂舞筵①，乐游春苑断肠天②。
如何肯到清秋日③，已带斜阳又带蝉？

【注释】

① 舞筵：歌舞的筵席。② 乐游：乐游原，亦称乐游苑，在唐长安东南，今陕西西安市郊。断肠：等于说“断魂”、

“销魂”，谓使人陶醉，不能自持。③ 肯到：会到。

【翻译】

曾经追逐过春风，
　飘拂着轻歌曼舞的酒筵，
在京城乐游苑里，
　在那断肠销魂的春天。
怎么就会这样地
　待到了清秋的日子，
已带来西下的斜阳
　又带来凄切的寒蝉。

无题二首

这是两首情诗，婉转缠绵，既含蓄，又深挚。第一首着力刻画场面和人物的行为和心理活动。起两句是诗人想象之辞，颔联写初次相遇的情景；颈联写别后的相思，收二句写渴望情人到来相会。第二首更多直接抒情。起两句写女子独处深闺，自伤身世；颔联回忆旧日爱情遇合有如一梦，如今依旧终身无托；颈联写女子的不幸遭遇并表示自己的同情和赞赏；收二句写诗人对爱情的执著和专注。这两首无题诗都寄寓着作者的难言之痛。

凤尾香罗薄几重①？碧文圆顶夜深缝②。
扇裁月魄羞难掩③，车走雷声语未通④。
曾是寂寥金烬暗⑤，断无消息石榴红⑥。
斑骓只系垂杨岸⑦，何处西南待好风⑧？

【注释】

① 凤尾香罗：指织有彩凤图纹的芳香的罗帐。几重：几层。古时罗帐有单帐、复帐。富贵人家用复帐，不止一层。② 碧文：碧纹，指青碧花纹。圆顶：指帐顶。③ 裁：制成。月魄：本指月亮中没有被太阳光照到的昏暗部分。这里指圆月之形。④ 雷声：喻车声。司马相如《长门赋》："雷殷殷而响起兮，声像君之车音。"两句回忆当日与情人相遇情景——女子乘车走过，以扇遮面，娇羞难掩，彼此有情，无从通语。⑤ 曾是：已是。金烬：指铜灯盏上的残烬。这句写自己在寂寥的不眠之夜无望的相思。⑥ 断无：绝无，一点都没有。这句写时间流逝，别后无法重逢。⑦ 斑骓：黑白色相间的马。古乐府《神弦歌·明下童曲》有"陆郎乘斑骓"之句。诗中亦指男方所乘之马。⑧ 西南待好风：曹植《七哀诗》："愿为西南风，长逝入君怀。"两句意说，自己系马相待，希望所思念的人随风而至。

【翻译】

织有凤尾花纹的香罗帐
　薄薄的有几多重？
那碧绿花纹的圆帐顶
　夜深时细线密缝。
团扇裁成圆月之形——
　正娇羞地半遮脸面；
她坐着车子匆匆经过——
　轮声隐隐片语难通。
已是寂寥地长夜无眠

相伴着残灯暗烬，
可她依然是渺无音讯
石榴花又已绯红。
我的马儿啊只系在垂杨岸上，
几时能等到西南吹来的好风？

重帷深下莫愁堂①，卧后清宵细细长②。
神女生涯原是梦③，小姑居处本无郎④。
风波不信菱枝弱⑤，月露谁教桂叶香⑥？
直道相思了无益⑦，未妨惆怅是清狂⑧。

【注释】

① 重帏：层层帘幕。莫愁：古乐府中的女子名。唐石城（今江苏南京）女子，善歌谣，嫁为卢家妇。此以喻所思恋的女子。② 清宵：静夜。细细：形容夜长。两字把慢慢推移的时间和蚕食心灵的痛苦都表现出来了。③ 神女：即巫山神女。传说她曾与楚王在梦中欢会。神女生涯，暗示女子被侮辱被损害的妓女身份。④ 小姑：原注："古诗有'小姑无郎'之句。"南朝乐府《清溪小姑曲》："开门白水，侧近桥梁。小姑所居，独处无郎。"相传小姑是汉朝秣陵尉蒋子文第三妹，被奉祀为神。居处（chǔ）：居住。这里指生活。⑤ 风波：喻危难险阻。⑥ 谁教（jiāo）：谁使。桂叶香：喻美好的品质。两句谓女子如菱枝般柔弱，备受摧残，但依然保持着高洁的本质。⑦ 直：即使。了：全然。⑧ 清狂：似狂而非狂。指痴情、心神迷乱的状态。

【翻译】

层层的帷幕
　深垂在莫愁的闺房，
她悄卧床中
　秋夜啊缓慢而悠长。
那巫山神女般的生涯，
　原是一场幻梦；
像小姑那样索居独处，
　本也没有情郎。
真不信柔弱的菱枝
　能经受得风波摧折，
是谁使芬芳的桂叶
　在月露下依旧飘香？
即使说苦苦相思全无益处，
也无妨终生惆怅似醉如狂。

有　感

这是李商隐的一首论诗绝句。诗中评论宋玉的辞赋，寓意在为自己的诗作申辩。李诗中有不少"似有寓意而实无所指"之作，也有不少是有针对性的讽刺诗，并非全部诗作都是有所寄托的。所以诗人的表白大体属实可信。

非关宋玉有微辞①，却是襄王梦觉迟②。
一自《高唐赋》成后，楚天云雨尽堪疑③。

【注释】

① 宋玉：战国时楚国辞赋家。相传为屈原弟子。微辞：有两意，一是指婉转而巧妙的话。宋玉《登徒子好色赋序》谓"宋玉为人体貌闲丽，口多微辞"。一是指隐含贬义的言辞。本诗合用二意，指宋玉善于用婉妙的言辞以托讽。② 襄王：楚襄王。据说他曾与宋玉同游云梦泽。宋玉告诉他怀王曾游高唐，梦巫山神女之事，王命玉作《高唐

赋》。是夜，襄王寝后，果梦与神女遇。次日复命玉作《神女赋》。古来多认为两赋都是托讽襄王荒淫的。③ 楚天云雨：指文学作品中有关男女情爱的描写。本《高唐赋》神女自言“旦为朝云，暮为行雨”语。尽堪疑：都被猜疑是有寄托了。

【翻译】

并不关宋玉托讽微辞，
只因为襄王梦醒迟迟。
自从《高唐赋》写成之后，
那“楚天云雨”全被猜疑。

悼伤后赴东蜀辟至散关遇雪

大中五年(851)冬,作者应东川节度使柳仲郢辟,赴东川(治梓州,今四川三台)任节度书记。本诗是赴蜀途中怀念亡妻王氏之作。短短二十字,把个人身世的飘零、景况的孤独、远行的苦辛以及对亡妻深切的伤悼都写出来了。散关,大散关,在今陕西宝鸡西南。

剑外从军远①,无家与寄衣②。
散关三尺雪,回梦旧鸳机③。

【注释】

① 剑外:剑阁之外。剑阁在今四川剑阁北,即大、小剑山间的一栈道,为陕西入四川的主要通道。剑外在这里泛指东川一带。从军:指赴节度使幕。② 与(yù):给。③ 鸳机:织机。或说是一种绣具。

【翻译】

远道从军到剑阁之外，
已没有家人为寄寒衣。
来到散关前大雪三尺，
却梦见妻子夜坐鸳机。

筹 笔 驿

大中九年(855)冬，柳仲郢奉调返长安，作者随行途中过筹笔驿，写了这首凭吊古迹的诗。诗中缅怀三国时蜀汉的名相诸葛亮，对他空有雄才大略而功业不成、无法挽救蜀汉的败亡而深表惋惜，并寄寓着作者对当前现实的深刻感慨。筹笔驿，故址在今四川广元北。相传诸葛亮出师伐魏时，常驻军筹划于此。

猿鸟犹疑畏简书①，风云常为护储胥②。
徒令上将挥神笔③，终见降王走传车④。
管乐有才终不忝⑤，关张无命欲何如⑥？
他年锦里经祠庙⑦，《梁父》吟成恨有馀⑧。

【注释】

① 简书：指军中的文书命令。纸张发明并普及之前，古人常书字于竹木简上，称“简书”。② 储胥：藩篱木栅之

类，作守卫拒障之用。这里指军营的壁垒。③ 徒令(líng)：空使，枉教。上将：诸葛亮在蜀后主建兴元年封为武乡侯，为蜀国最高武官长。挥神笔：挥笔为文。指筹划军事，或谓指诸葛亮起草《出师表》。④ 降王：指蜀后主刘禅。魏景元四年(263)，魏派钟会、邓艾伐蜀。兵至成都，后主舆榇自缚到军垒门外投降。传车(zhuàn jū)：驿站备供长途旅行用的车。走传车，指刘禅降后举家乘传车入魏。这两句慨叹诸葛亮空自费尽心力筹划军事，终不能使蜀汉免于覆亡。⑤ 管乐：管仲和乐毅。管仲是春秋时齐国著名政治家，辅佐齐桓公以成霸业。乐毅是战国时著名军事家，曾为燕昭王大破齐军。诸葛亮年轻时有大志，在南阳隐居时，常自比管仲、乐毅。不忝(tiǎn)：不愧。⑥ 关张：关羽和张飞。都是蜀汉的大将。无命：不得寿终。关羽镇守荆州，被东吴将领吕蒙袭杀。张飞准备起兵报仇，又被部将行刺而死。何如：怎么办。两句写诸葛亮尽管有杰出的才能，但伐魏时关、张已死，蜀中无大将，功业不成，实是无可奈何之事。⑦ 他年：往年。作者在大中五年曾游成都，拜谒武侯祠。锦里：原指成都以南锦江流域一带，这里用作成都的别称。祠庙：指武侯祠，是诸葛亮的祠庙。⑧ 梁父：即《梁父吟》。《三国志·诸葛亮传》谓诸葛亮“躬耕陇亩，好为《梁父吟》”。诸葛亮所吟的原诗已失传。今所传的是讽刺齐相晏婴用二桃杀三士的诗。这两句回想当年经谒武侯祠的情景，吟罢一曲《梁父吟》，为诸葛亮壮志未酬而悲恨无已，实际上是为自己志业未遂、一生冷落而发出感叹。

【翻译】

筹笔驿前猿鸟不近，
　像仍畏惧着当年的军书；
筹笔驿上风云屯聚，
　像在长护那森严的壁垒。
枉自教诸葛挥动神笔，
　辛勤筹划军事；
终见到降王押上传车，
　一路千里驰驱。
比起管仲、乐毅的才能，
　真是毫无愧色；
无奈关羽、张飞已早死，
　此时尚欲何如？
想起往年曾在成都
　拜谒武侯祠庙，
把《梁父吟》吟诵一遍
　心中悲恨犹馀。

韩冬郎即席为诗相送，一座尽惊。他日余方追吟“连宵侍坐徘徊久”之句，有老成之风，因成二绝寄酬，兼呈畏之员外(其一)

大中五年(851)，李商隐赴梓幕时，韩偓(小名冬郎)年方十岁，就能即席赋诗相送，才华惊动四座。大中十年，商隐返回长安，追忆起此事，写了两首七绝寄酬。这里选的是第一首。题中“连宵侍坐徘徊久”是韩偓原诗之句。韩偓是李商隐的连襟和好友韩瞻(字畏之)之子，他年少有捷才，诗歌风格清新老健，度越流辈。但当时还是位不为人知的少年。商隐对他极力推许，比之为南朝时著名诗人何逊，而自己却谦虚地自比为沈约，极尽对后辈的推挽。本诗称道的“清”与“老成之风”，是说诗句清新流丽而又沉郁顿挫，正是冬郎诗的特色。诗中还把韩氏父子比作两只凤凰，以“雏凤清于老凤声”设喻，谓韩偓像丹山的幼凤，在良好的环境中成长，他比父亲更有才华，前途远大。这句诗比喻贴切而富有文采，成为后世传诵的名句。

十岁裁诗走马成①，冷灰残烛动离情②。

桐花万里丹山路③，雏凤清于老凤声④。

【注释】

① 裁诗：做诗。走马：跑马。形容诗思敏捷。② 冷灰：指炉中烧后的残灰，冷灰残烛，暗示当时心境。这两句回忆当年韩冬郎即席为诗相送的情景。③ 桐花：传说凤凰只栖息在梧桐树上，以桐实为食。故诗词中常以“桐花”与“凤”连文。丹山：丹穴之山。传说中产凤凰之地。④ 雏凤：幼凤。晋文学家陆云年少时，闵鸿曾以“凤雏”称之。此借指韩偓。清：谓鸣声清越。此以喻诗歌的风格清新。老凤：喻韩瞻。

【翻译】

年方十岁就能做诗，
才思驰骋，顷刻吟成。
夜深对着冷灰残烛，
吟诵赠诗，触动离情。
遥想烂漫的桐花，
盛开在万里丹山路上，
那雏凤动听的鸣声，
比老凤更加激越清新。

锦　　瑟

这首抒情诗，有说是咏瑟之作，有说是自伤之辞，一般认为是悼亡诗。但诗中说“一弦一柱思华年”，点出这是晚年时回首一生遭遇之作。由于它用比兴、象征的手法去构成繁富的艺术意境，给诗歌笼罩上一层神秘的色彩，寄托了诗人低回欲绝的情怀，因而千古费解。首二句以锦瑟起兴，引起对华年往事的追忆。三句总写一生如梦，无论梦中或梦醒，同样地迷惘历乱。四句写思想哀怨之情，只有借杜鹃鸟的鸣声表达出来。五、六两句写失恋后的悲哀，虽事过境迁，却有增无减。末两句感慨痛定思痛，格外难堪。本篇截取首二字为题，意与无题诗同。

锦瑟无端五十弦①，一弦一柱思华年②。
庄生晓梦迷蝴蝶③，望帝春心托杜鹃④。
沧海月明珠有泪⑤，蓝田日暖玉生烟⑥。

此情可待成追忆⑦，只是当时已惘然⑧。

【注释】

① 锦瑟：绘有美丽花纹的瑟。瑟，古代一种弦乐器，相传本五十弦，后改为二十五弦。无端：没来由，无缘无故。首句领起全篇。作者这时年近五十，故抚瑟弦而联想起自己无端虚度的岁月。② 柱：乐器上用以架弦的小木柱，也叫“码子”。一柱架一弦，可左右移动调节音高。思(sì)：追念，怀想。华年：盛年，青年时代美好的日子。③ 庄生：即庄周。战国时著名的哲学家。《庄子·齐物论》中载，庄周曾梦见自己变为蝴蝶，逍遥自在地翩翩飞舞，不知道自己就是庄周。等到醒来，吃惊地发现自己又成为庄周了。因而怀疑究竟是庄周梦为蝴蝶呢，还是蝴蝶梦为庄周。诗中引用这个典故，表示华年往事有如梦幻。晓梦：清晨时的梦。表示梦境短暂而清晰。④ 望帝：古代蜀国君主，名杜宇。国亡身死，化为杜鹃鸟终日哀鸣。春心：指芳春时微妙的心事。一种惝恍迷乱、难以捉摸的心绪。⑤ 沧海：大海。海色青苍，故名。月明珠有泪：古代传说，南海外有鲛人，在水中居住，流下的眼泪能变成珍珠。又有传说，认为海里的蚌珠会随着月亮的盈亏而有全缺变化。古人还用“沧海遗珠”来比喻人才被埋没。本诗糅合了这些典故，写自己在政治生活和恋爱生活中遭到挫折失败时的痛苦。以丽景渲染出凄迷哀怨的气氛。⑥ 蓝田：山名。在今陕西蓝田，是著名的产玉之地。日暖玉生烟：相传宝玉埋没泥土中，其上会出现烟云。中唐诗人戴叔伦曾说过：“诗家之景，如蓝田日暖，良玉生烟，可望而不可置

于眉睫之前也。”诗中活用此意，暗喻美好的情事如烟雾般消散无痕。引出末二句。⑦ 此情：指以上四句所包含的种种情事。可待：岂待，哪里等到。⑧ 惘然：惆怅失意的样子。

【翻译】

绮丽的瑟呀，你为什么
　无端的有着五十根弦线？
每一根弦呀，每一根柱，
　都使我想起逝去的华年。
像庄周在清晨的梦中，
　变幻成翩跹的蝴蝶；
像望帝把伤春的心事，
　寄托给哀怨的杜鹃。
苍茫的大海上明月照临，
　晶莹的珍珠有如鲛人的泪水；
蓝田的美玉沉埋在土里，
　天晴日暖时浮生起漠漠轻烟。
这些情事哪能等到今天追忆？
就在当时已经使人感到惘然。

忆　　梅

这首诗写于梓州柳仲郢幕府任职期间。题为“忆梅”,实为忆归,满含生不逢时的悲感。

定定住天涯①，依依向物华②。
寒梅最堪恨③，长作去年花④。

【注释】

① 定定:滞留不动。② 物华:万物升华,指春天的景物。③ 堪恨:可恨。④ 长:经常,老是。

【翻译】

一动不动地留滞在天涯,
依依不舍地向往着物华。
寒梅最能惹起人们怨恨,
老是被当作去年开的花。

天　　涯

这首二十字的小诗中，流露出作者对生活极度失望之情。前两句重复“日”与“天涯”二词，前后含义不同：上句的“日”指日子，下句的“日”指太阳；上句的“天涯”泛指遥远的地方，下句的“天涯”指具体的天边。后两句设想奇妙。黄莺的啼叫本来没有眼泪，而诗人由“啼”而联想到哭，再联想到哭出的泪水沾湿花朵，借以抒发心中悲哀。

春日在天涯，天涯日又斜。
莺啼如有泪①，为湿最高花②。

【注释】

① 啼：语意双关啼叫和啼哭。② 最高花：树梢顶上的花。也是盛开在最后的花。

【翻译】

在这美好的春日
　我流落天涯，
远望天边的红日
　它又在西斜。
声声啼唤的莺儿呀，
　如果你真有泪水，
请为我洒向枝梢上，
　沾湿那最高的花！

二月二日

大中七年(853),李商隐滞留在梓州柳仲郢幕中。二月二日是蜀地的踏青节,他出游看到春天美景,触动失意沦落之感,写了这诗。诗中以轻快的笔调写苦闷的心情,别具一格。这是一首拗律诗。起句“仄仄仄仄平仄平”,用五仄字,次句“闻吹笙”三平调,不合声律,却不失流畅爽快。三、四句写春色之美,反衬客居思归之情。五、六句直接抒发离愁,收二句写滩声如风檐夜雨,益觉心境悲凉。

二月二日江上行①,东风日暖闻吹笙。
花须柳眼各无赖②,紫蝶黄蜂俱有情。
万里忆归元亮井③,三年从事亚夫营④。
新滩莫悟游人意,更作风檐雨夜声。

【注释】

① 江:指涪江,经梓州流入长江。② 花须:花蕊,细长

如须。柳眼:柳树初生的叶芽,如人睡眼初展之状。无赖:形容放肆烂漫,逗人喜爱,恼人情思。③ 元亮井:指乡井、故居。元亮,东晋大诗人陶渊明的字。陶诗《归田园居》有"井灶有遗处,桑竹残朽株"之语,写归隐家园的感受。④ 三年:作者在大中五年入柳幕,至今三年。亚夫营:指戎幕。亚夫,即周亚夫,汉代将领。曾屯兵细柳,以军纪严明著称,人称"细柳营"或"柳营"。这里以柳营的"柳"字暗喻幕主柳仲郢。

【翻译】

二月二日
　到江畔踏青闲行。
东风日暖
　忽听到远处吹笙。
花须柳眼
　仿佛在逗人春思,
紫蝶黄蜂
　都有着密意浓情。
我客居万里之外,
　想像陶潜那样归回乡井;
三年来入幕奉职,
　至今还留滞在柳氏军营。
春江上的新滩啊,
　不了解游人的心意,
像夜里打檐风雨
　发出阵阵凄咽之声!

鄠杜马上念《汉书》

这是一首咏史诗。诗人骑马旅行鄠、杜一带，想起《汉书》记载，汉宣帝幼年生活在这里，有感而写了这首诗。诗中写汉宣帝一生，生动表现出这位“布衣”皇帝的风神面貌。首二句写宣宗是汉武帝曾孙。三、四句写宣宗从小爱好射猎，无意中做了皇帝。五、六句写宣宗开发乐游苑，营建杜陵。末二句写尊宠外戚，将会给国家带来厄运。诗中讽托，有说讽唐武宗，有说讽唐宣宗，都无确证。鄠（hù），今陕西户县北。杜，在今陕西西安南。

世上苍龙种①，人间武帝孙②。
小来惟射猎③，兴罢得乾坤④。
渭水天开苑⑤，咸阳地献原⑥。
英灵殊未已⑦，丁傅渐华轩⑧。

【注释】

① 苍龙种：谓帝王子孙。② 武帝孙：汉宣帝刘询是汉武帝的曾孙。武帝晚年多病，疑左右人巫蛊所致。江充诬告太子宫中埋有木人，太子大惧，举兵诛江充，兵败自杀。其孙刘询流落民间。③ 射猎：用弓矢射取禽兽。《汉书·宣帝纪》载宣帝“喜游侠，斗鸡走狗，上下诸陵，周遍三辅，尤乐鄠、杜之间”。④ 乾坤：天地，指国家。此句意谓汉宣帝流落民间，成为平民，霍光废昌邑王后，迎立宣帝即位。⑤ 渭水：渭河，流经今陕西南部入黄河。苑：指乐游苑，建于汉宣帝神爵三年（前59）。⑥ 原：指墓地。宣帝把杜县更名杜陵，建造陵墓，死后葬杜陵原上。⑦ 英灵：英魂。对死者的美称。殊未已：犹未尽，还未灭。⑧ 丁傅：代指外戚。《汉书·外戚传》载，汉哀帝的母亲丁姬，祖母傅昭仪，丁、傅两家“以一二年间暴兴尤盛”。汉宣帝尊宠外戚许、史、王氏。华轩：华美的轩车。

【翻译】

是苍龙遗在世上的龙种，
是武帝流落人间的儿孙。
小时候只晓得嬉游射猎，
玩够了忽得到大业乾坤。
渭水边天公为开辟宫苑，
咸阳外大地为献上墓原。
英灵的神威还没有泯灭，
外戚们却乘上骏马华轩。

齐宫词

大中十一年(857),李商隐任盐铁推官,宦游江东(今南京、扬州等地)一带。六代繁华的金粉之地,南朝历代短祚的见证,触发诗人的亡国之忧。这首诗借写齐梁盛衰之迹,对封建帝王荒淫误国给予深刻的讽刺,希望唐代后期的统治集团能汲取历史教训。末句抓住"九子铃"以为历史见证,寄寓一代兴亡的感慨。寓意深刻,情味隽永。

永寿兵来夜不扃①,金莲无复印中庭②。
梁台歌管三更罢③,犹自风摇九子铃④。

【注释】

① 永寿:殿名。南齐废帝萧宝卷宠爱潘妃,修建永寿、玉寿、神仙等宫殿,四壁都用黄金涂饰。扃(jiōng):关闭。中兴元年(501),雍州刺史萧衍(即后来的梁武帝)率

兵攻入南齐京城建康(今江苏南京),齐叛臣王珍国等作内应,夜开宫门入殿。时齐废帝正在含德殿吹笙歌作乐,兵入斩之。② 金莲:齐废帝"凿金为莲花贴地,令潘妃行其上。曰:'此步步生莲花也。'"(见《南史·东昏侯本纪》)这句说齐亡后,宫殿荒凉,再也不见潘妃妙曼的舞姿了。③ 梁台:即梁宫。时称禁城为台城。④ 九子铃:挂在宫殿寺庙檐前作装饰用的铃,用金、玉等材料制成。齐废帝曾令人剥取庄严寺的玉九子铃来装饰潘妃的宫殿。这句意说,虽夜半更深,歌管声歇,而齐时的九子铃仍在风中摇响。

【翻译】

永寿殿门夜深未闭,
　　竟不知闯进梁兵。
从此潘妃金莲细步,
　　已不再踏上宫廷。
梁台城中歌管声喧,
　　直到三更夜半,
依然听见微风摇动,
　　当年潘妃的九子玉铃。

幽居冬暮

大中十二年(858)冬,李商隐罢盐铁推官后,还郑州闲居。细想平生,百感交集,匡国无路,夙愿难期,写了这首诗。首二句以"羽翼摧残"比喻自己长期受着政治上的压抑迫害。三、四句写冬暮的景色,暗喻自己不忘进取,坚持操守。五、六句叹息急景颓年,抒发迟暮的悲感。末二句以平淡的语调表现怆痛的心声。

羽翼摧残日①,郊园寂寞时②。
晓鸡惊树雪③,寒鹜守冰池④。
急景倏云暮⑤,颓年浸已衰⑥。
如何匡国分⑦,不与夙心期⑧。

【注释】

① 羽翼摧残:鸟儿的翅膀被折断。② 郊园:指诗人在郑州郊外的居处。③"晓鸡"句:冬日清晨,气寒天暗,雄

鸡因树雪而惊起。寓有在恶劣环境中仍不忘进取的意思。④ 鹜(wù):鸭子。这句写鸭子在严寒时仍守候在冰池畔,以喻自己坚持操守。⑤ 急景:短促的白天。景,日光。倏(chū):倏忽,迅速。云:语气词。⑥ 颓年:衰暮之年。浸:渐。⑦ 匡:救助。分(fèn):职分,职责。⑧ 夙(sù):平素。期:合。

【翻译】

是鸟儿羽翼摧残的日子,
在郊园零落寂寞的冬时。
晨鸡因树上雪光而惊叫,
鸭子在严寒中守着冰池。
白天短促很快便到傍晚,
垂暮之年身体渐已变衰。
我本有匡救国家的职分,
怎不能与我的夙愿相期?

霜　月

这首描写深秋月色的小诗，抒写了诗人高标绝俗的思想情怀。迷离的夜，雁啼，高楼上的明月，万里清霜，澄澈空明的美景，引动了诗人的遐思。他想象那霜月之神在冒着寒冷，各自斗丽争妍。首句借景物点明时令已入深秋。次句写霜华月色上下辉映的美景。三、四句合写月和霜，运用神话典故，把眼前景象和幻想交织在一起，创造出清幽而又瑰丽的意境。

初闻征雁已无蝉①，百尺楼高水接天②。
青女素娥俱耐冷③，月中霜里斗婵娟④。

【注释】

① 征雁：南飞的雁。② 水接天：形容月光如水，遍布明净的夜空，与地面的霜华上下辉映。③ 青女：即青霄玉女，主管霜雪的女神。素娥：即嫦娥，月中仙女。月色白，

故称素娥。④ 斗：比赛。婵(chán)娟：美好的姿容。

【翻译】

自听到南飞雁啼，
　已再没有蝉儿鸣噪。
在百尺高楼之上，
　月光如水映接遥天。
青女素娥，两位女神，
　都能耐受寒冷；
在月华中，在清霜里，
　互相斗美争妍。

碧　城(三首选一)

这是一首爱情诗，恋爱的对象大概是诗人在玉阳山学道时认识的女道友宋真人姊妹。碧城及诗中“十二城”当指女道士观。诗中着力描绘了一个充满神秘气氛的神话传说境界。起二句写所恋者处所高寒，清净无尘，暗示其女道士的身份。三、四句写传书密约幽期。五、六句写仙女所居之上界能高瞻远瞩。末二句意谓日不如夜。假如太阳永远不落，那就愿意长夜不明，以永欢会。

碧城十二曲阑干①，犀辟尘埃玉辟寒②。
阆苑有书多附鹤③，女床无树不栖鸾④。
星沉海底当窗见⑤，雨过河源隔座看⑥。
若是晓珠明又定⑦，一生长对水精盘⑧。

【注释】

① 碧城：神话传说，元始天尊居紫云之阁，碧霞为城。

十二：十二层城。十二，不定数词，形容多。② 犀辟尘埃：传说犀牛的角能辟尘，放之于座，尘埃不入。玉辟寒：传说玉质温润，可以却寒。③ 阆(làng)苑：传说中的神仙居处。④ 女床：神话传说中的山名。《山海经·西山经》载："女床之山……有鸟焉，其状如翟，而五彩文，名曰鸾。"⑤"星沉"句：写极远之处，海天空阔无边。⑥"雨过"句：写俯眺黄河源头，犹如座上。⑦ 晓珠：指太阳。⑧ 水精盘：即"水晶盘"。喻圆月。

【翻译】

在天上的十二碧城
　围绕着曲曲阑干。
用犀角来辟除尘埃，
　用宝玉来抵御高寒。
阆苑仙界中
　传书信多凭借白鹤，
女床仙山上
　无一树不栖着青鸾。
星星沉没海底
　当窗仍可望见，
雨云掠过河源
　隔座犹能俯看。
假若那清晨的太阳
　老是明亮不移动，
我就甘愿一生一世
　长对着月亮——那水晶玉盘！

马嵬二首(其二)

本题咏叹唐玄宗仓皇逃蜀时发生的马嵬坡悲剧。天宝十五载(756)六月,安禄山叛军攻破潼关,唐玄宗离京入蜀,途经马嵬驿(在今陕西兴平),禁军兵变,诛杀奸相杨国忠,逼唐玄宗赐杨贵妃死。这是第二首,指出马嵬之变,完全是唐玄宗咎由自取。前二句先叙玄宗命方士用法术召杨妃魂魄之事,点明悲剧的结局。中四句追述马嵬之变。“此日”一联,精炼警策,传为名句。末二句以冷峻的问语作结,把尊贵的帝妃与普通的民妇作对比,更丰富了批判玄宗的内容。

海外徒闻更九州①,他生未卜此生休②。
空闻虎旅传宵柝③,无复鸡人报晓筹④。
此日六军同驻马⑤,当时七夕笑牵牛⑥。
如何四纪为天子⑦,不及卢家有莫愁⑧?

【注释】

① 更：再，还有。九州：战国时邹衍创“大九州”的说法，认为中国的九州（兖、冀、青、徐、豫、荆、扬、雍、梁）总合为一大州，名赤县神州，而在海外像赤县神州这样大的地方还有九个。诗中以海外九州指神仙之境。陈鸿《长恨歌传》和白居易《长恨歌》谓杨妃死后，玄宗命临邛道士觅她的魂魄，终于在海外仙山找到她，带回金钗钿盒为信物，并提及生前玄宗与杨妃约定“愿世世为夫妇”的盟誓。② 他生：来生。卜：预料。这两句是说，神仙传说毕竟是虚幻难凭的，来生是怎样也不可卜知，而今生的夫妇关系显然是完结了。③ 虎旅：指皇帝的禁卫军。宵柝（tuò）：晚上巡逻时打更报警的梆子。柝，金柝。军中用的铜器，又称刁斗。④ 鸡人：宫中掌管报时的卫士。古代皇宫中不得畜鸡，由“鸡人”敲击更筹报晓。两句写当时逃亡途中的情景。⑤ 此日：指夜宿马嵬驿这一天。六军：《周礼》载天子有六军。这里泛指皇帝的军队。驻马：停马不前。这句写途中禁军哗变，不肯上路，逼使玄宗处死杨妃。⑥ 当时：当年，当日。七夕：民间传说，农历七月七日晚上（七夕），天上的牵牛星和织女星由鹊桥渡过银河相会。传说玄宗天宝七年七夕，玄宗和杨妃密相誓心，愿世世为夫妇。他们以为可以永远相守，因而讥笑织女牵牛别长会短了。⑦ 四纪：十二年为一纪。玄宗在位四十五年，将近四纪。诗中举其成数。⑧ 莫愁：梁武帝《河中之水歌》：“莫愁十三能织绮，十四采桑南陌头。十五嫁为卢家妇，十六生儿字阿侯。”莫愁是传说中的古代民间女子，她嫁给卢家为妇，过着正常的家庭生活，对比之下，玄宗连自己的爱妃都不能保全，倒

不及民间夫妇白头偕老那样幸福了。

【翻译】

徒然传说海外还有九个大州，
来生未可料知，今生已到尽头。
空听到禁军在夜间敲着梆子，
不再有宫里的鸡人报晓击筹。
就在这天六军全都停马不发，
当年七夕枉自讥笑织女牵牛。
为什么做了四十多年的皇帝，
还不及卢家夫婿能长伴莫愁！

离亭赋得折杨柳二首（其一）

这是跟自己心爱的女子分别时伤离之作，它有深情，有新意。首句写双方别时心绪的无聊。次句是行人对居者的劝慰。第三句强调离别在人生的重要意义。末句结出折杨柳。离亭，离别的驿亭，指驿站。赋得，即为某事某物而作诗之意。

暂凭樽酒送无憀①，莫损愁眉与细腰②。
人世死前惟有别，春风争拟惜长条③。

【注释】

① 无憀（liáo）：同“无聊”。无所依赖。指心情恶劣。② 愁眉与细腰：柳叶比眉，柔软的柳枝比腰。诗中语意相关，既谓不要折损杨柳，也劝慰女子不要因离愁而损害身体。③ 争拟：怎拟。两句是代女子作答。既然别离是如此痛苦，春风也不应爱惜柳条，自己也甘愿为离愁而憔悴

瘦损。

【翻译】

暂时凭借杯酒
　驱遣此时心绪的无聊，
千万不要损折
　含愁的眉与纤细的腰。
人世最痛苦的，
　除了死亡就只有离别！
春风啊，你怎能
　只爱惜那长长的柳条？

梦　泽

大中二年(848),作者离开桂州北归,在湖南观察使李回幕中短期逗留。秋初继续出发,途经梦泽,写了此诗。诗人站在古云梦泽边,只见荒原上茅草在悲风中颤动,满目肃杀凄凉景象。这里在春秋时是楚国属地,不禁想起当时楚宫轻歌曼舞的盛况,由此而抒发对现实生活的感慨。《韩非子·二柄》中记载,“楚灵王好细腰,而国中多饿人”。《后汉书·马援传》附马廖传中引用这材料,略作夸张:“楚灵王好细腰,宫中多饿死。”而李商隐此诗更进一步发挥想象:“楚王葬尽满城娇”,节食束腰的楚宫宫女,为了取得君王宠爱而送掉自己的性命,对封建帝王的腐朽糜烂加以谴责,对希冀宠幸的宫女的愚昧和不幸表示惋惜。讽刺辛辣,诗意含蓄。

梦泽悲风动白茅①，楚王葬尽满城娇②。
未知歌舞能多少？ 虚减宫厨为细腰③！

【注释】

① 梦泽：云梦泽，古代有名的大湖泊。在今湖北、湖南交界处，方圆千里。今已大部干涸，其遗迹为现在的洞庭湖和长江北的湖泊群。白茅：在沼泽地区生长的一种茅草。古代祭祀时用白茅滤酒。周代时楚国每年要向周天子贡白茅。诗人因见白茅而联想起楚宫旧事。② 楚王：指春秋时的楚灵王，有名的荒淫君主。娇：指美女。③ 虚：徒然，白白地。宫厨：指宫中的膳食。

【翻译】

云梦泽悲风萧瑟
　吹动旷野的白茅。
楚灵王荒淫无道
　葬送满城的娇娆。
不知道轻歌曼舞
　还能够演出多少？
徒然地减省宫膳，
　为束成婀娜纤腰！

春　雨

这首诗抒写春雨，似梦如情，飘忽迷离，引动怀思，引人怨望远离的情绪。水遥山远，此时相望，何止天涯！短梦无凭，锦书难寄。全诗情景交融，表现细致，感染力强。首两句写别离后的苦闷与怀思。三、四句补充白门寥落之意。五、六句回应“怅卧”意，盼望在梦中与远去的情人相会。末两句借春雨重云展开联想，无法寄书，更突出寥落的本意。

怅卧新春白袷衣①，白门寥落意多违②。
红楼隔雨相望冷③，珠箔飘灯独自归④。
远路应悲春晼晚⑤，残宵犹得梦依稀⑥。
玉珰缄札何由达⑦？万里云罗一雁飞⑧！

【注释】

① 白袷（jiá）衣：即白夹衣。闲居的便服。② 白门：地

名。南朝民歌中男女欢会之地。这里借指当日与情人会面处。寥落：冷清寂寞。③ 红楼：指情人当日的住处。④ 珠箔(bó)：珠帘。这里比喻细雨在灯光的照射下有如珠箔。⑤ 畹(wǎn)晚：日落时暮色苍茫的情状。指黄昏。⑥ 犹得：这里有侥幸得到之意。依稀：恍惚迷离。⑦ 玉珰(dāng)：女子的耳饰，悬有小玉块。古时男女常以为定情的信物。缄(jiān)札：书信。因书信须缄口扎束，故称。古人每以礼物附信同寄，称为“侑(yòu)缄”。诗中谓以玉珰侑缄。⑧ 云罗：阴云密布如罗网。喻路途艰险。雁：喻送信的人。古代有“雁足传书”的说法。

【翻译】

满怀惆怅地躺卧，在新春之夕，
　穿着白袷轻衣。
白门今已寥落无人，一切的情事，
　都与夙愿相违。
隔着细雨遥望她住过的红楼，
　早已人去楼空，倍觉凄凉冷落；
飘忽的雨丝映照着灯笼的馀光，
　恰似珠帘轻飏，伴我独自来归。
她别后登上长途，
　面对这芳春日暮，心应悲怆；
我无眠直到宵残，
　幸得在梦中相会，梦也迷离！
我要把玉珰连同书信寄去，

又从何到达她的手中？
万里长空中密云有如罗网，
冥茫的天末一雁孤飞！

风 雨

这首诗抒写羁泊异乡、壮志不遂的身世悲感,发泄对政治恶浊败坏的悲愤。作于大中十一年(857)任盐铁推官漫游江东之时。

凄凉《宝剑篇》①,羁泊欲穷年②。
黄叶仍风雨③,青楼自管弦④。
新知遭薄俗⑤,旧好隔良缘⑥。
心断新丰酒⑦,销愁斗几千⑧?

【注释】

① 宝剑篇:指唐前期将领郭震所作的《古剑篇》,表现了匡国救民的抱负。史载武则天曾向郭震索取所作文章,郭以此呈上。诗中用此典,暗示自己空有壮志而无人过问。② 羁泊:羁旅漂泊。穷年:终年。指终身。③ 仍:又。④ 青楼:豪华精美的楼房。指豪门贵家。⑤ 新知:新朋友。当指郑亚等人。薄俗:浅薄的时俗,指不良的社会风

气。这句是指大中年间，郑亚等李党诸人屡受攻击贬斥。⑥ 旧好：旧朋友。当指早年相交的令狐绹等人。当时令狐为相，对诗人极力排挤，更谈不上援手了。⑦ 心断：形容绝望。新丰酒：《旧唐书·马周传》载，马周落拓，西游长安，投宿新丰旅舍，店主人慢待他，马周无聊，命酒独酌。到长安后，向唐太宗上条陈，受到赏识，被提拔为监察御史。新丰，县名，今陕西临潼。⑧ 销愁：解愁。斗几千：一斗酒值几千钱。表示酒的名贵。这两句是说，自己没有希望像马周那样能被皇帝赏识，只好借酒销愁。

【翻译】

那寄怀壮志的《宝剑篇》，
　早已凄凉冷落。
我孑然一身天涯漂泊，
　真要尽此馀年。
好比叶已枯黄
　还更遭风吹雨打，
青楼豪贵人家
　却自顾歌舞管弦。
新结交的知己，
　遭到浅薄世俗的诋毁，
旧相识的好友，
　日益疏远阻隔了良缘。
虽想望有“新丰酒”而不可得，
要借酒浇愁每斗费它几千钱？

南　　朝

这首诗写南朝宋、齐、梁、陈四个朝代兴废的历史事实和教训。前半概述南朝诸帝之事:首二句写宋、齐两代君主夜以继日地耽于游乐,三、四句写陈后主的荒淫比齐废帝更甚。下半则专咏陈朝事。从强敌压境、内政荒弛、君臣宴乐等几个方面写来,警动人心,以冷嘲作结,尤耐人寻味。

玄武湖中玉漏催①,鸡鸣埭口绣襦回②。
谁言琼树朝朝见③,不及金莲步步来④。
敌国军营漂木柹⑤,前朝神庙锁烟煤⑥。
满宫学士皆颜色⑦,江令当年只费才⑧。

【注释】

① 玄武湖:在今江苏南京玄武门外。宋文帝元嘉年间建成。为著名的游览场所。玉漏:古代的计时器。玉漏

催，指时间流逝。② 鸡鸣埭(dài)：玄武湖北堤名。埭即堤坝、水闸。相传南朝齐武帝经常游琅玡城，带宫女很早出发，至湖北埭时鸡才鸣叫，故称“鸡鸣埭”。绣襦(rú)：锦绣短袄。富贵人家妇女的装束。这里指宫女。这两句写宫嫔们跟随皇帝出游玄武湖后，又经过鸡鸣埭转回宫中。③ 琼树朝朝见：琼树，玉树。树的美称。陈后主制作艳词丽曲，赞美宠妃张丽华、孔贵嫔的容色。其《玉树后庭花》有“璧月夜夜满，琼树朝朝新”之句。④ 金莲步步来：齐废帝东昏侯曾用黄金制成莲花，贴放地上，令宠爱的潘妃在上面行走，说：“此步步生莲花也。”两句写齐、陈两朝统治者的荒淫好色一代甚于一代。⑤ 敌国：指陈朝北方的隋朝。木柹(fèi)：从木头上削下的碎片。《南史·陈本纪》载，隋文帝在开皇七年(587)下令作大战船。有人建议要保密，文帝说：“吾将显行天诛，何密之有!”使人投柹于江。这句写隋人公开制造战舰准备伐陈。⑥ 前朝：指陈朝。这句写陈朝内政不修，祭典荒废，连祖庙都无人打扫。暗示陈后主行将亡国绝嗣。⑦ 学士：陈后主从宫女中选出有文才的，称为“女学士”，让她们与文臣们一起参与宫廷宴会，饮酒赋诗为乐。⑧ 江令：指江总，在陈朝任仆射尚书令(宰相)。他不管政事，常陪后主宴乐宫中，与孔范等十人号称“狎客”。只费才：空费才华。两句兼写陈末的君臣，指出“女学士”的颜色和“狎客”的才华，只是以助长后主的荒淫，促其亡国而已。

【翻译】

玄武湖中

　钟漏声催天色将晓，
鸡鸣埭口
　锦衣宫女又已转回。
谁说陈后主
　歌咏着“琼树朝朝见”，
不及齐废帝
　欣赏那“金莲步步来”?
敌国的军营中
　漂来造船削下的木片，
祖宗的神庙里
　无人打扫扑满了烟埃。
满宫的“学士”都容色艳丽，
江总等“狎客”也枉费文才。

隋宫二首

本题二首一组，咏叹隋炀帝荒政亡国的历史镜鉴。前一首七绝，只从南游一事着笔，抓住了“宫锦”这一典型事例，就把隋炀帝穷奢极欲、横征暴敛、骄纵拒谏的昏庸面目暴露出来。后一首七律，则展开笔路，先写炀帝从长安到江都出游，再联系到他的无限逸游导致隋朝的败亡。接着写亡国后凄凉的遗迹。特别是结二句抒写感慨，诗人想象到炀帝在九泉之下遇到陈后主时的场面，炀帝当年率兵灭陈，而今历史是如此惊人地重演，他终于也步了后主的后尘。诗语冷隽，讽刺入骨。

乘兴南游不戒严①，九重谁省谏书函②？
春风举国裁宫锦③，半作障泥半作帆④。

【注释】

① 南游：隋炀帝自大业元年(605)起，多次游幸江都。

不戒严：不加戒备。古时皇帝出行，照例要实行戒严。当时天下已乱，炀帝还自以为太平无事，不作警戒。② 九重：指宫禁。皇帝所处的深宫，宫门九重。省（xǐng）：省察。谏书函：函封的谏书。时奉信郎崔民象、王爱仁等曾先后上表谏阻出游，均被炀帝处死。③ 举国：全国。宫锦：按照宫廷规定的规格制成的锦缎。④ 障泥：马鞯。垫在马鞍下面，两旁下垂，用以遮挡尘土。史载，炀帝南巡时，造龙舟、楼船数百只，从行船只数千艘，船队绵延二百里。另有骑兵、挽船工数万人，途中所经州县供应饮食，民不堪命。

紫泉宫殿锁烟霞①，欲取芜城作帝家②。
玉玺不缘归日角③，锦帆应是到天涯④。
于今腐草无萤火⑤，终古垂杨有暮鸦⑥。
地下若逢陈后主⑦，岂宜重问后庭花⑧？

【注释】

① 紫泉：即紫渊。水名，在长安北。因避李渊讳而改名“紫泉”。这里借指长安。② 芜城：即江都。旧名广陵。南朝宋文人鲍照见广陵故城荒芜，曾作《芜城赋》以伤之。后因以芜城为江都的别称。③ 玉玺（xǐ）：皇帝的玉印。这里象征隋朝政权。缘：因。日角：额骨中央隆起，饱满如日，是所谓帝王之相。李渊起兵前，唐俭曾说他“日角龙庭”，必能取得天下。诗中以“日角”指李渊。④ 锦帆：炀帝龙舟上以锦缎制成的船帆。代指龙舟。⑤ 于今：到现

在。腐草无萤火:炀帝在洛阳景华宫,命人搜集萤火虫数斛,夜出游山时放出,光照山谷。萤火虫生于腐草间,诗中说腐草无萤火,意在描述隋宫废址的荒凉,形象地把隋朝的灭亡表现出来。⑥ 终古:长久。垂杨:指隋堤柳。隋炀帝开通济渠及邗沟,沿岸遍植杨柳护堤,称为“隋堤”。这句以垂杨暮鸦的凄凉景象与上文锦帆照水的繁华热闹作对照,隐含对炀帝的讽刺。⑦ 地下:指人死后魂归地下。陈后主:五代时陈朝的末代皇帝,名陈叔宝,以荒淫奢侈著称。祯明三年(589)隋兵南下,攻入建康,陈后主被俘病死,谥号为“炀”。⑧ 后庭花:《玉树后庭花》的简称。是陈后主创制的舞曲。《隋遗录》载,隋炀帝在江都耽于游乐,一次在吴公宅鸡台中梦见陈后主(时后主已死),并请求后主的宠妃张丽华舞《玉树后庭花》。曲终,后主问炀帝:你龙舟之游快乐吧?人生不过各图快乐罢了,你当时为什么责备我追求逸乐呢?

【翻译】

隋炀帝乘兴南游
　一路上竟不须戒严,
高居九重的天子
　哪还管上谏的书函?
春风轻拂的时节
　全国为他裁制宫锦,
一半作马上障泥
　一半作龙舟的船帆。

紫泉的宫殿弃置冷落
　一任它笼罩烟霞。
要拿昔日芜城的江都
　来另建帝王之家。
若不是玉玺落到了
　有“日角”之相的李渊手里，
悬挂着锦帆的龙舟
　想必会游荡到海角天涯。
而今覆遍腐草的隋宫
　已没有熠耀的萤火，
古老的河堤上垂杨飘拂
　黄昏时仍聒噪着残鸦。
炀帝如果在地下遇到
　那亡国之君陈后主，
难道还好意思去观赏
　那一曲《玉树后庭花》?

咏　史

这是金陵怀古之作。三百年间，建都在金陵的吴、东晋、宋、齐、梁、陈六个朝代，都曾依据钟山龙盘，石城虎踞，但都相继灭亡，可见国家兴亡不在山川，而在人事。这是本诗的主题思想。

北湖南埭水漫漫①，一片降旗百尺竿②。
三百年间同晓梦③，钟山何处有龙盘④？

【注释】

① 北湖：指玄武湖。东晋元帝时修北湖，宋文帝元嘉年间重修，改名玄武湖。南埭：指鸡鸣埭。玄武湖北堤名。参见《南朝》"玄武湖中玉漏催"一诗注。漫（mán）漫：水满貌。② 一片降旗：语本刘禹锡《西塞山怀古》："一片降幡出石头。"刘诗本咏东吴孙皓向晋军投降之事，本诗用此，泛指六朝政权更迭。③ 三百年：南朝自东晋元帝建武元

年(317)至陈亡于隋(589),共二百七十馀年。若从孙吴建国时(222)算起,则共三百六十七年,除去中间西晋建都洛阳的五十二年外,约三百年。④ 钟山:即今江苏南京紫金山。龙盘:言地势雄伟。传说诸葛亮曾对孙权说"秣陵地形,钟山龙盘,石城虎踞,真帝王之都也。"

【翻译】

城外北湖南埭,
　唯见到白水漫漫。
当年遍地降旗,
　招展在百尺旗杆。
六朝三百年间,
　如同那清晨短梦,
遥望钟山形势,
　何处有虎踞龙盘?

听　　鼓

这首诗当作于诗人游武昌时。诗中写城头鼓声引出缅怀汉末祢衡击鼓骂曹的联想，抒发愤世嫉俗、蔑视权贵的感情。

城头叠鼓声①，城下暮江清。
欲问渔阳掺②，时无祢正平③！

【注释】

① 叠鼓：《李卫公兵法》："鼓三百三十三槌为一通。鼓止角动，吹十二声为一叠。"这里指繁杂的鼓声。② 渔阳掺（càn）：鼓曲调。即《渔阳掺挝》。③ 祢正平：东汉文人祢衡，字正平。《后汉书·祢衡传》载，祢衡少有才辩，气尚刚傲，不肯巴结权贵。曹操想折辱他，故意叫他当鼓吏，并命他在宾客前演奏。祢衡脱光衣服，泰然自若地奏《渔阳掺挝》，声节悲壮。结果弄得曹操也有点尴尬，说："本欲辱衡，衡反辱孤（孤，曹操自称）。"

【翻译】

城上传来了叠鼓声声，
城下日暮时江水清清。
要想学那一曲《渔阳掺》，
这时世已没有祢正平！

宫 词

这首宫词旨在议论嫔妃宫女的地位和命运，讽喻得宠一时，其实与失宠者命运相同。言外显然寄托了封建士大夫的不遇感慨。

君恩如水向东流①，得宠忧移失宠愁②。
莫向樽前奏花落③，凉风只在殿西头④。

【注释】

① 君恩如水：是说君王的恩泽如流水般漂移不定。② 忧移：害怕君王的恩宠转移于别人。③ 花落：指《梅花落》，笛曲名。④ 凉风：暗用江淹《拟班婕妤咏扇》诗“窃恐凉风至，吹我玉阶树。君子恩未毕，零落在中路”。这两句把曲中的“花”和殿上的凉风联系起来，暗示女子色衰被弃的可悲前景。

【翻译】

君王的恩宠像流水浩荡东流，
得宠怕恩爱转移失宠更悲愁。
请不要在樽前奏那曲《梅花落》，
啊，清凉的风正吹在宫殿西头！

流　莺

这是托物咏怀之作。哀啭欲绝的流莺到处漂荡,既遇不上佳期,甚至找不到栖身之地,这正是诗人自我形象的写照。

流莺漂荡复参差①,度陌临流不自持②。
巧啭岂能无本意③,良辰未必有佳期④。
风朝露夜阴晴里,万户千门开闭时⑤。
曾苦伤春不忍听,凤城何处有花枝⑥。

【注释】

① 流莺:漂流无依的黄莺。② 不自持:无法控制自己。③ 巧啭:宛转鸣唱。本意:本来的用心。喻作者期望遇合以实现理想抱负。④ 良辰:好日子,指好的时机。佳期:比喻理想得以实现的时候。⑤ "风朝"二句:写无论何时何地,在任何环境中,流莺仍在永无休止地啼鸣。⑥ 凤城:秦都咸阳古称丹凤城。这里借指唐京城长安。末两句

暗用初唐诗人李义府《咏乌》诗:“上林多少树,不借一枝栖。”寄寓自己不能在朝供职、一展抱负的苦闷心情。

【翻译】

流莺儿啊,到处漂荡,上下翻飞。
越过小路,临近河边,无法自持。
美妙地鸣啭,怎能没有本意?
碰到了良辰,也未必有佳期!
鸣啭在风朝露夜阴晴之日,
鸣啭在千门万户开闭之时。
我曾苦于伤春而不忍再听,
京城哪里有可栖息的花枝?

浑　河　中

浑瑊(jiān)是唐代中叶著名的将领。建中四年(783)朱泚叛乱,德宗奔逃到奉天,浑瑊领家人亲兵追随,坚守孤城。次年,与李晟等收复京师,平定叛乱。他曾治河中十六年,故称"浑河中"。本诗歌颂浑瑊在维护祖国统一的战争中的功业,并突出写浑瑊的部下英勇奋战、为国捐躯的精神,寄寓了诗人对当时国无良将的深刻感慨。前两句以京城安定、天子重回与当时战垒行将荒废相对照,后两句正面写埋骨沙场的战士。连仆役徒隶都成了英雄,那主人浑瑊就可想而知了。

九庙无尘八马回①,奉天城垒长春苔②。
咸阳原上英雄骨③,半向君家养马来④。

【注释】

① 九庙:古时帝王立庙祭祀祖先,祖庙五、亲庙四,共

九庙。这里指太庙。无尘:没有蒙上战尘。八马:即“八骏”,传说中周穆王的八匹名马。这里指皇帝的车驾。这句写浑瑊等平乱后皇帝返回京城。② 奉天:今陕西乾县。③ 咸阳原:指浑瑊与朱泚叛军鏖战之地。④ 君:指浑瑊。养马:这里暗用汉朝名将金日磾(mì dī)的典故。金日磾本匈奴休屠王太子,汉武帝时归汉,在黄门养马。后因笃慎忠心,被提拔为侍中,以讨莽何罗功封秺侯。浑瑊也是少数民族人,先世属铁勒族浑部。诗中以浑瑊的部下比金日磾。

【翻译】

宗庙已平安无事,
　乘舆亦已返回。
奉天城中的战垒,
　而今长满春苔。
牺牲在咸阳原上的
　英雄白骨,
多半曾在浑瑊家中
　养过马来。

常　　娥

这首诗咏叹嫦娥在月中的孤寂情景，抒发诗人自伤之情。前两句分别描写室内、室外的环境，渲染孤寂的气氛，表现主人公怀思的情绪。后两句是主人公在一宵痛苦的思忆之后产生的感想。奇思妙想，真实动人。常娥，即嫦娥，姮娥。神话中的月亮女神，传说是夏代东夷首领后羿的妻子。

云母屏风烛影深①，长河渐落晓星沉②。
常娥应悔偷灵药③，碧海青天夜夜心④。

【注释】

① 云母：一种矿物，板状，晶体透明有光泽。古代常用来装饰窗户、屏风等物。② 长河：指银河。晓星：晨星。或谓指启明星，清晨时出现在东方。③ 偷灵药：《淮南子·览冥训》载，后羿在西王母处求得不死的灵药，姮娥偷

服后奔入月宫中。④ 碧海：形容蓝天苍碧如同大海。夜夜心：指夜夜独对青天时引起的孤凄寂寞的心情。

【翻译】

在云母屏风中悄然独坐，
　残烛的光影幽深。
长长的银河已逐渐斜落，
　晨星也隐没低沉。
嫦娥啊，你也许会悔恨
　当年偷吃了不死的灵药，
如今空对着青天碧海
　一夜复一夜，那孤寂的心！

细　雨

这首诗咏雨抒怀，描绘了一幅神奇谲幻、瑰丽多彩的画图。前两句把细雨比作巨大的帷幕和席子，表现了细雨空濛、席天幕地的情状。“白玉堂”和“碧牙床”，皆是神仙境界。后两句以神女刚洗过的光润的长发，比喻细雨，想象她在神仙之府中的寂寞情怀，颇有自况之意。

帷飘白玉堂，簟卷碧牙床①。
楚女当时意②，萧萧发彩凉③。

【注释】

① 簟(diàn)：竹席子。牙床：用象牙雕刻为装饰的卧床。② 楚女：楚国的神女。《楚辞·九歌·少司命》中曾描写神女濯发的情景：“与女沐兮咸池，晞汝发兮阳之阿。望美人兮未来，临风怳兮浩歌。”(我想跟你啊在咸池中沐浴，晒干你的发啊在艳阳的曲阿。盼望着美人啊却至今不

来，临风惆怅啊引吭高歌。）③ 萧萧：指清凉的感觉。

【翻译】

细雨，像轻盈的帷幕
　飘拂在白玉堂前，
细雨，像柔软的席子
　翻卷在碧牙床上。
啊，恰似楚国的神女
　当时新沐的情意——
她茂密纷披的长发
　那样润泽而清凉。

乐 游 原

乐游原即乐游苑，在长安城南杜陵的高原上，四面开阔，可俯览整个京城。李商隐时登乐游原，秋风日暮，形只影单，抚今追昔，感怆无限。首两句写鸣蝉与暮虹，是眼前实景。后两句深慨时光的流逝，与《谒山》诗“从来系日乏长绳，水去云回恨不胜”意同。

万树鸣蝉隔断虹，乐游原上有西风。
羲和自趁虞泉宿①，不放斜阳更向东。

【注释】

① 羲和：神话传说中给太阳驾车子的日神。虞泉：即虞渊，是神话传说中日落之处。因避唐高祖李渊讳，改“渊”为“泉”。《淮南子·天文训》：“（日）至于虞渊，是谓黄昏。”

【翻译】

千万树寒蝉鸣噪
　林子正隔着断虹，
繁华的乐游原上
　吹来萧瑟的秋风。
羲和神驾着日车
　自赶往虞渊歇宿，
不肯让西沉红日
　转过来驶向天东！

暮秋独游曲江

这首小诗，格调颇似民间歌谣，当为李商隐追悼亡妻王氏之作。起二句突出一“恨”字，荷叶之“生”与“枯”，暗示人生的变化。“深知身在情长在”，肆口而出，凄惋已极。尽管自己此身尚存此情长在，无奈逝者已矣，有如江水！吟咏再三，令人凄然欲绝。

荷叶生时春恨生，荷叶枯时秋恨成。
深知身在情长在，怅望江头江水声。

【翻译】

荷叶生时
　春恨也生，
荷叶枯时
　秋恨已成。
深深知道

　　此身还在，情也长在！
惆怅眺望
　　江头流水，浩浩波声！

细　　雨

这首咏雨抒怀的律诗描写很细腻，情寓物中，物因情见。起两句概写细雨的情状，从远望着笔。三、四句写植物在细雨中的状况，借竹衬出雨的凉意，借萍极写雨点的细微。五、六句写动物在雨中的动态。收两句为全诗主旨。诗人客居长安，见到迷离烟草而想起久别的故乡。草色相连，人偏远隔，失意落寞之感，已微寓其中了。

萧洒傍回汀①，依微过短亭②。
气凉先动竹，点细未开萍。
稍促高高燕，微疏的的萤③。
故园烟草色，仍近五门青④。

【注释】

① 萧洒：同“潇洒”。形容细雨在微风中飘落的情状。

回汀：弯曲的水边。② 依微：隐约，依稀。这里形容若隐若现的细雨。③ 的的：鲜明的样子。④ 五门：古时京城中有皋、雉、库、应、路五个城门。这里指长安。

【翻译】

飘洒着——
　靠近回曲的沙汀，
迷濛地——
　吹过城外的短亭。
清凉的风意
　先摇动轻盈的绿竹，
细微的雨点
　滴不开密聚的浮萍。
快点儿飞吧——
　高高的燕子，
变得稀疏了——
　闪闪的流萤。
遥想在故园中，无边烟草——
正展向五门外，一片青青！

滞　雨

这首小诗,含思曲折。前两句点出时间、地点、环境,烘托主人公的心情;后两句抒写怀乡之意。家乡本是云水之地,何况正当这秋雨连绵的时节,故连梦也不宜归去。

滞雨长安夜①,残灯独客愁。
故乡云水地②,归梦不宜秋。

【注释】

① 滞雨:久雨不止。② 云水地:等于说“水云乡”,云水弥漫之地。与上文“滞雨”呼应。

【翻译】

连绵不断的夜雨
　留滞在长安之夜,
独对黯淡的残灯

　客子更触绪生愁。
我向往着的故乡
　美丽的云水之地，
怕的是归乡之梦
　不宜于这个清秋！

乐 游 原

这首小诗，抒发诗人留连光景的感喟。前两句点出登览的原因：由于黄昏日暮，心情不适，便驾车登上高原。后两句极力赞叹晚景之美。“无限好”，并不光是写夕阳，而是写在夕阳馀晖照耀下，涂抹上一层金色的世界。

向晚意不适①，驱车登古原②。
夕阳无限好，只是近黄昏。

【注释】

① 向晚：傍晚。不适：不悦，不快。② 古原：指乐游原。参见前同题《乐游原》七绝题解。

【翻译】

傍晚时心情不快，

驾着车登上古原。
夕阳啊无限美好，
可惜已接近黄昏。

编 后 记

2011年我社出版了“古代文史名著选译丛书(134种)”,该丛书是由全国高校古籍整理委员会主持,汇集北京大学、复旦大学等十八所高校古籍所专家学者力量完成的一部高水平、高质量的传统文化普及读物。出版后也得到了读者认可,获得业内好评。

该丛书于2016年入选国家新闻出版广电总局评选的“首届向全国推荐中华优秀传统文化普及图书”名单。为了更好地传播优秀传统文化,我们从中精选了30种文史经典,重新修订、设计,作为珍藏版呈现给读者。

中华优秀传统文化不仅是中华民族的宝贵财富,也是中华民族的精神家园。凤凰出版社谨向为本丛书的编辑出版付出巨大心血的专家学者致以崇高敬意!

丛书顾问:周林　邓广铭　白寿彝

丛书主编:章培恒　安平秋　马樟根

编委(均按姓氏笔画排列):马樟根　平慧善　安平秋　刘烈茂　许嘉璐　李国祥　金开诚　周勋初　宗福邦　段文桂　董治安　倪其心　黄永年　章培恒　曾枣庄(以上为常务编委)

王达津　吕绍纲　刘仁清　刘乾先　李运益　杨金鼎　曹亦冰　常绍温　裴汝诚(以上为编委)

古代文史名著选译丛书（珍藏版）书目

书名	译注者	审阅者
论语注译	孙钦善	宗福邦
老子注译	张玉春　金国泰	安平秋
庄子选译	马美信	章培恒
孟子选译	刘聿鑫　刘晓东	黄　葵
荀子选译	雪　克　王云路	董治安　许嘉璐
诗经选译	程俊英　蒋见元	刘仁清
楚辞选译	徐建华　金舒年	金开诚
左传选译	陈世铙	董治安
史记选译	李国祥　李长弓　张三夕	安平秋
汉书选译	张世俊　任巧珍	李国祥
后汉书选译	李国祥　杨　昶　彭益林	许嘉璐
三国志选译	刘　琳	黄　葵
资治通鉴选译	李　庆	黄永年
文心雕龙选译	周振甫	黄永年
世说新语选译	柳士镇　钱南秀	周勋初
颜氏家训选译	黄永年	许嘉璐
陶渊明诗文选译	谢先俊　王勋敏	平慧善
李白诗选译	詹　锳等	章培恒
杜甫诗选译	倪其心　吴　鸥	黄永年
李商隐诗选译	陈永正	倪其心
王维诗选译	邓安生　刘　畅　杨永明	倪其心
苏轼诗文词选译	曾枣庄　曾　弢	章培恒
李清照诗文词选译	平慧善	马樟根
辛弃疾词选译	杨　忠	刘烈茂
王阳明诗文选译	吴　格	章培恒
唐才子传选译	张　萍　陆三强	黄永年
徐霞客游记选译	周晓薇　马雪芹　焦　杰	黄永年　马樟根
阅微草堂笔记选译	黄国声	安平秋
西厢记选译	王立言	董治安
聊斋志异选译	刘烈茂　欧阳世昌	章培恒